W0287217

Mira Sol

Die drei !!!

Die Maske der Königin

KOSMOS
bei CARLSEN

Außerdem in der Reihe Die drei !!! im Carlsen Verlag lieferbar:
Die drei !!! – Achtung, Spionage!
Die drei !!! – Gefahr im Fitness-Studio
Die drei !!! – Gefährlicher Chat / Betrug beim Casting
Die drei !!! – Geheimnis der alten Villa
Die drei !!! – Im Bann des Flamenco
Die drei !!! – Im Bann des Tarots
Die drei !!! – Nixensommer
Die drei !!! – Skandal auf Sendung
Die drei !!! – Skandal im Café Lomo!
Die drei !!! – Tatort Geisterhaus / Skaterfieber
Die drei !!! – Tatort Paris
Die drei !!! – Vorsicht, Strandhaie!
Die drei !!! – Unter Verdacht

www.buchschwestern.de
DEINE LESE-COMMUNITY IM INTERNET!

FSC
www.fsc.org
MIX
Papier aus verantwortungsvollen Quellen
FSC® C083411

Veröffentlicht im Carlsen Verlag
Juni 2018
Mit freundlicher Genehmigung des Franckh-Kosmos Verlages
Copyright © 2014 Franckh-Kosmos Verlags-GmbH & Co. KG, Stuttgart
Umschlagbild: Anike Hage
Umschlaggestaltung: formlabor
Corporate Design Taschenbuch: bell étage
ISBN 978-3-551-31707-0

Carlsen-Newsletter: Tolle Lesetipps kostenlos per E-Mail!
Unsere Bücher gibt es überall im Buchhandel und auf carlsen.de.

Die drei !!!

Die Maske der Königin

Katastrophe!	7
Erstickt?	18
Die Maske der Königin	29
Alarm im Museum	44
Schwarze Messe	54
Xanas Fluch	71
See voller Blut	85
Ein leichter Duft nach Vanille	94
Schon wieder Blut	106
Vollkommen leer	115
Weiße Krokusblüten	124
Für immer	134

Katastrophe!

»Der Tatort sah richtig schlimm aus«, murmelte Franzi. Sie biss in ihren Apfel, kaute langsam und schluckte. Dann fuhr sie mit düsterer Stimme fort: »Das Fenster stand offen, der Wind peitschte die Vorhänge ins Zimmer. Der Fußboden war mit Sand, Wasser und Glasscherben bedeckt. Und mittendrin lagen …«, sie sah ihre Freundinnen auf der Rückbank an, »Leichen. Zwei Stück.«
Kim winkte ab. »Kenn ich schon.« Sie beugte sich vor und grinste. »Aber du erzählst richtig gut. Mach doch auch beim nächsten Poetry-Slam mit!«
Franzi schüttelte den Kopf. »Nein. Das ist nichts für mich. Ich finde, es reicht, wenn eine von uns Karriere auf diesem Gebiet macht.«
Ihre Freundin Kim hatte vor ein paar Wochen eine Krimi-Geschichte bei einem Wettbewerb im *Café Lomo* vorgetragen und nicht nur viel Applaus vom Publikum bekommen, sondern sogar einen Sonderpreis als jüngste Teilnehmerin. Seitdem war sie Feuer und Flamme für Poetry-Slams. Sie arbeitete jetzt, wann immer es ging, an neuen Texten.
»Schade«, sagte Kim und zuckte mit den Schultern. »Zu zweit würde es bestimmt noch mehr Spaß machen.«
Franzi schüttelte erneut den Kopf. »Ohne mich, tut mir leid.« Sie nahm einen weiteren Bissen von ihrem Apfel und nuschelte: »Aber was ist jetzt mit der Geschichte? Wollt ihr nicht wissen, welches tragische Geschehen sich zugetragen hat?«

»Wie gesagt«, Kim hob die Hände, »ich kenne die Story schon.«
»Aber ich nicht!«, rief Marie. »Sag nichts. Ich will raten!«
»Dann schieß los.« Franzi lehnte sich ins Polster des Beifahrersitzes zurück. Sie zwinkerte ihrem Bruder zu. »Der Fahrer darf auch mitmachen, wenn er will.«
Stefan grinste. »Das ist nett von dir.« Er schaltete einen Gang hoch und setzte zum Überholen an. »Aber ich glaube, ich kenne wirklich *alle* deine ›Was ist passiert?‹-Rätsel. Ich hab sie oft genug bei unseren Familienausflügen gehört. In diesem Fall heißen deine Toten Hänsel und Gretel und …«
»NEIN! Nichts sagen!«, unterbrach ihn Marie. Dann stutzte sie. »Warum heißen die Leichen denn Hänsel und Gretel?«
»Du darfst nur Fragen stellen, die mit Ja oder Nein beantwortet werden können«, sagte Franzi und ließ den Apfelstrunk in einer Plastiktüte unter dem Sitz verschwinden.
Marie strich sich eine blonde Haarsträhne hinters Ohr. »Sind Hänsel und Gretel erschossen worden?«
»Nein.«
»Erdolcht?«
»Nein.«
»Es gibt gar kein Blut?«
»Richtig.«
»Also erwürgt!«
»Nein.« Franzi zuckte mit den Schultern. »Aber fast.«
Sie wechselte einen vielsagenden Blick mit Kim.
Marie sah ratlos drein. »Wie geht denn bitte *fast* erwürgen?«
»Bitte nur Fragen, die mit Ja oder Nein beantwortet werden können.«

Marie verdrehte die Augen. »Na gut. Also …«
Ein Handyklingeln unterbrach sie mitten in ihrem Satz. Marie wühlte in ihrem Matchbeutel. »Entschuldigt, aber ich muss ganz kurz nachsehen. Holger wollte mir simsen, ob er Kinokarten für heute Abend bekommen hat.« Marie zog das Smartphone hervor und tippte darauf herum.
»Mach nur«, sagte Franzi. Normalerweise störte sie es, wenn Marie ein Gespräch einfach abbrach, um ans Handy zu gehen und alles andere um sich herum zu vergessen. Aber heute war alles anders. Heute freute sich Franzi, dass Marie eine SMS von ihrem Freund bekam und sie mit roten Wangen und einem Lächeln auf den Lippen las. Was gab es denn Schöneres als die Vorfreude auf ein Date mit dem Jungen, den man liebte? Franzi lächelte glücklich. Sie strich über das herzförmige Pappschild, das auf ihrem Schoß lag. *Willkommen, Felipe!!!* hatte sie in dicken roten Buchstaben daraufgeschrieben. Bald würde auch sie sich endlich wieder mit ihrem Freund treffen können, wann immer sie Lust dazu hatte. Sie sah auf ihre Armbanduhr. In genau vierundvierzig Minuten landete das Flugzeug, das Felipe aus Mexiko wieder zu ihr brachte. Endlich, nach vier langen Monaten, kam er nach Deutschland zurück. Genau rechtzeitig zu den Osterferien, die am Montag begannen. Franzi spürte, wie ihr Herz schneller zu schlagen begann. Sie hatte solche Sehnsucht, Felipe endlich umarmen zu können. Natürlich hatten sie sich in den vergangenen Monaten jeden Tag beim Skypen gesehen. Aber echte Nähe war eben einfach etwas anderes!
»Es hat geklappt! Holger und ich gehen heute ins Kino und danach Pizza essen«, verkündete Marie glücklich. Sie

sah Franzi gespannt an. »Freust du dich auch schon auf Felipe?«
»Was für eine Frage!« Franzi begann auf ihrem Sitz auf und ab zu hopsen. »Ich freue mich nicht … ich … platze … ich explodiere vor Freude!«
Stefan lachte. »Wenn du weiter so herumhampelst, fällt mein armer alter Opel auseinander – und wir kommen nicht zum Flughafen.«
»Das wäre allerdings eine Katastrophe«, murmelte Franzi. Sie setzte sich sofort ruhig hin und zog die Haargummis an ihren kurzen Zöpfen fest.
Marie lachte. »Du quietschst übrigens fast so gut wie mein kleiner Bruder.«
»Ich bin aber bestimmt lauter als so ein kleines, fünf Monate altes Baby«, antwortete Franzi grinsend.
Marie schüttelte den Kopf. »Finn schlägt dich um Längen. Wenn der loslegt, wackeln die Wände. Neulich hat er sich im Supermarkt über irgendetwas aufgeregt und so erbärmlich geschrien, als würde man ihn gerade vierteilen und den Kannibalen servieren.«
Kim lachte. »Das klingt anstrengend.«
»Allerdings, das ist es«, sagte Marie. »Blöderweise stand ich auch noch allein mit dem Kinderwagen an der Kasse, weil Tessa zurück zum Obststand gegangen war. Die Frau hinter mir hat ganz komisch geguckt und einer anderen Frau zugeflüstert: ›So ist das, wenn Kinder Kinder kriegen!‹«
»Echt?« Kim bekam einen Kicheranfall. »Sie hat gedacht, dass du Finns Mama bist?!«
Marie nickte grinsend. »Ich habe ihr dann erklärt, dass ich

froh bin, dass der Große schon im Kindergarten ist. Ihr hättet sehen müssen, wie die beiden geguckt haben.«
»Du bist unmöglich!«, rief Franzi und brach zusammen mit Kim in schallendes Gelächter aus.
Stefan schüttelte grinsend den Kopf. Franzi schlug ihm auf den Oberschenkel. »Übrigens, noch mal vielen Dank, dass du uns zum Flughafen fährst!«
»Das bin ich dir einfach schuldig.« Stefans Stimme klang plötzlich sehr ernst. »Ich weiß nicht, was ich im Januar gemacht hätte, wenn ihr mir nicht geholfen hättet.«
»Das war doch selbstverständlich«, antwortete Kim sofort. »Wofür sind wir schließlich Detektivinnen?«
Franzi und Marie nickten heftig. Mit ihrem Club *Die drei !!!* hatten sie gemeinsam schon viele Verbrechen aufgeklärt und Täter dingfest gemacht. Als Stefan in Schwierigkeiten geriet, waren sie froh gewesen so viel Übung in der Verbrechensbekämpfung zu haben, dass sie in Rekordtempo seinen Fall lösen konnten.
Plötzlich zerriss ein lauter Knall die Stille. Marie schrie auf. Stefan zuckte zusammen und verriss das Lenkrad. Das Auto geriet in einen leichten Schlingerkurs. Ein Zischen folgte und weißer Dampf quoll seitlich aus der Motorhaube.
Franzi krallte sich am Türgriff fest und starrte mit offenem Mund auf die Straße. Kim strubbelte sich nervös durch die kurzen dunklen Haare.
Stefan brachte das Auto zum Glück schnell wieder unter Kontrolle. Er setzte den Warnblinker und steuerte auf die Standspur.
»Was ist los?«, rief Franzi.

»Hat jemand auf uns geschossen?«, fragte Kim.
Marie schüttelte entsetzt den Kopf und biss sich auf die Lippe.
»Es passieren doch nicht ständig Verbrechen.« Stefan lachte kurz auf. »Ich glaube eher, dass etwas am Kühler defekt ist. Da vorne ist ein Parkplatz, ich fahr raus.«
Kaum hatte Stefan den Opel angehalten, sprangen die drei Detektivinnen heraus. Franzi umrundete das Fahrzeug. Sie hielt dabei das Begrüßungsschild für Felipe fest in den Händen, als fürchtete sie, es könne gestohlen werden. »Kein Einschussloch zu sehen«, stellte sie fest.
Stefan wollte die Motorhaube anheben, zuckte aber bei der ersten Berührung zurück. »Verdammt, die ist total heiß.« Er wedelte mit den Händen durch die Luft und verzog das Gesicht. »Es hat keinen Zweck, ich rufe den Pannendienst.«
Franzi sah auf die Uhr. »Wie lange wird das dauern?« Sie ließ sich auf eine Bank am Rand des Parkplatzes fallen. »Felipes Flieger landet in einer halben Stunde!« Nervös klopfte sie mit dem Pappschild auf ihre Oberschenkel.
»Keine Ahnung.« Stefan holte sein Handy aus der Hosentasche. »Es ist Freitagnachmittag, da sind viele auf der Autobahn unterwegs. Ich nehme an, dass der Pannendienst sich darauf eingestellt hat.«
Franzi sprang auf. »Das will ich schwer hoffen. Wenn wir zu spät kommen, sterbe ich!« Ihre Finger krampften sich um das Pappschild und sie spürte, wie ihre Augen zu brennen anfingen. Jetzt bloß nicht heulen, dachte Franzi, doch da tropfte schon eine Träne auf das Papierherz.
Sofort legte sich ein Arm um ihre Schulter. »Reg dich nicht

auf«, hörte Franzi Maries ruhige Stimme. »Der Pannendienst kommt bestimmt bald und dann wird alles gut!«

Auch Kim legte jetzt ihren Arm um Franzi. »Halt durch, du hast schon viel schlimmere Situationen überstanden.«

»Das sagst du so einfach.« Franzi lächelte schief und wischte sich über die Augen. »Stell dir vor, du hättest ewig viele Monate auf deinen Michi gewartet, und kurz bevor du ihn sehen kannst, passiert irgendwas.«

Kim nickte langsam. »Die Vorstellung ist furchtbar.«

»Siehst du«, presste Franzi mit tränenerstickter Stimme hervor.

Marie atmete tief ein, dann sagte sie bestimmt: »Franzi, du brauchst jetzt eine Extraportion Energie. Ich glaube, es ist Zeit für unseren Powerspruch!«

Franzis Gesicht hellte sich etwas auf. Das Ritual des Powerspruchs hatten die drei Detektivinnen schon vor langer Zeit erfunden. Sie tankten damit für schwierige Fälle die nötige Kraft, nutzten es aber auch immer häufiger im Alltag, wenn es eine besondere Herausforderung gab.

»Also los«, rief Marie. Sie stellte sich dicht vor Kim und Franzi.

Die drei Mädchen legten ihre Hände aufeinander und murmelten im Chor: »Die drei !!!.« Kim sagte: »Eins!«, Franzi »Zwei!« und Marie »Drei!«. Dann hoben sie gemeinsam die Arme in die Höhe und riefen: »Power!!!«

Franzi spürte, wie wohltuende Wärme ihren Körper durchflutete und sie sich plötzlich ganz leicht und frei fühlte. Sie lächelte ihre Freundinnen an. »Danke!«

Marie boxte ihr gegen den Arm. »Tut immer wieder gut, was?«

»Und scheint magische Wirkung zu haben«, sagte Stefan. Verblüfft zeigte er zur Einfahrt des Parkplatzes, in die gerade ein gelber Kombi mit Abschleppvorrichtung einbog. »Dass der Pannendienst so schnell kommt, hätte ich nicht gedacht.«
Franzi machte einen Luftsprung und riss die Arme hoch. »Meine Rettung!« Sie winkte wild und lief dem Fahrzeug entgegen.
Ein Mann mit Schnauzer und Halbglatze stieg aus. Er hatte ein breites Lächeln im Gesicht.
»Das ist ja eine nette Begrüßung!«, rief er. »Auch wenn ich nicht Felipe, sondern Günther heiße.« Er zwinkerte Franzi zu, die erst jetzt merkte, dass sie immer noch das Begrüßungsschild in der Hand hielt. »Da... das ist für meinen Freund«, stotterte Franzi. »Er kommt in zwanzig Minuten am Flughafen an und ich muss unbedingt pünktlich sein!«
Der Mann kratzte sich an der Nase. »Dann muss ich mich wohl etwas beeilen.« Er lief zu Stefans Opel rüber und öffnete die mittlerweile abgekühlte Motorhaube. Nach einem kurzen Check seufzte er. »Das wird aber ein bisschen länger dauern, fürchte ich.«
Franzi machte ein erschrockenes Gesicht. »Wie lange denn?«
Günther richtete sich auf und sah Franzi an. »Zu lang, um deinen Felipe rechtzeitig am Flughafen anzutreffen. Ich muss ein Ventil und einen Schlauch austauschen.«
Franzi schnappte nach Luft. Schon wieder spürte sie Tränen in den Augen.
Günther sah sie nachdenklich an. »Wie meine Tochter«, sagte er schließlich. Er seufzte. »Soll ich euch jetzt gleich zum Flughafen fahren?«

»Das würden Sie wirklich machen?« Franzi machte einen Freudensprung. »Das wäre super!«
»Und was ist mit meinem Auto?«, wollte Stefan wissen.
Günther schlug vor, dass er die Mädchen schnell zum Flughafen bringen und danach zum Parkplatz zurückkehren würde, um den Kühler zu reparieren.
Stefan war einverstanden. Also kletterten die drei Mädchen in den Abschleppwagen und brausten mit Günther davon.
Zwanzig Minuten später hielt das Pannenfahrzeug mit quietschenden Bremsen vor dem Eingang zum Ankunftsterminal.
»Tausend Dank!«, rief Franzi und drückte die Hand des Mannes kräftig. »Sie haben mich wirklich gerettet, das werde ich Ihnen nie vergessen!«
Günther schmunzelte. »Gern geschehen. Und ein schönes Wiedersehen wünsche ich!«
Die drei !!! winkten dem abfahrenden Fahrzeug kurz hinterher, dann spurteten sie los.
»Das Flugzeug ist schon gelandet«, sagte Kim nach einem Blick auf die Anzeige.
»Los, wir müssen uns beeilen!« Franzi sah sich suchend um. Dann rief sie: »Dahinten stehen Felipes Mutter und Onkel und …«
»Holger!«, ergänzte Marie und rannte los.
Kim hechtete hinterher. Sie hatte ihren Freund Michi erkannt, der ebenfalls gekommen war, um Felipe willkommen zu heißen.
Die drei !!! begrüßten Juana, Miguel, Holger und Michi und erfuhren, dass es bei der Gepäckausgabe eine Verzögerung gab.

»Perfekt«, sagte Franzi, »ich bin vor Felipe da.« Zufrieden strich sie einen Knick an ihrem Begrüßungsschild glatt. Marie und Kim schmiegten sich an ihre Freunde.
Juana und Miguel unterhielten sich auf Spanisch. Franzi verstand nicht viel, aber in den Augen von Felipes Mutter lag solch ein freudiges Glitzern, dass auch ohne viele Worte klar war, dass sie sich mindestens genauso wie Franzi auf die Rückkehr von Felipe freute.
Die Milchglastür, die die Halle von der Gepäckausgabe trennte, glitt auseinander. Ein gutes Dutzend Passagiere strömte heraus. Franzi trat unruhig von einem Bein aufs andere und reckte den Hals. Gleich würde Felipe kommen. Ihr süßer Freund mit den dunklen Locken und den schönsten Augen der Welt! Gleich würde sie sich in seine Arme werfen.
Immer wieder öffnete und schloss sich die Glastür. Die Halle füllte sich zusehends mit Menschen, die lautstark ihre Angehörigen begrüßten, Koffer wurden durch das Gedränge manövriert, ein Hund bellte. Franzi sah auf ihre Uhr. Sie warteten schon über zehn Minuten! Ungeduldig trat sie von einem Bein aufs andere. Sie beobachtete weiter die Begrüßungsszenen. Ein Paar stand mitten im ganzen Trubel und umarmte sich völlig selbstvergessen. Der Mann hatte einen Strauß langstieliger Rosen in der Hand, die er in der Aufregung vergessen hatte zu überreichen. Ein Labrador schnupperte schwanzwedelnd an einer der Blüten, während sich das Paar küsste. Ein Rosenblatt löste sich und blieb auf der Nase des Hundes kleben. Er setzte sich und versuchte es mit der Vorderpfote wegzuwischen. Dabei musste er mehrmals niesen. Franzi fing an zu lachen.

»Hallo!«, ertönte plötzlich eine Stimme. Franzi zuckte zusammen. Vor ihr stand ein braun gebrannter, vielleicht 20-jähriger Mann in kariertem Hemd und Cargohosen. Er ließ seinen großen Rucksack neben sich auf den Boden fallen und deutete auf das Begrüßungsschild. »Bist du Franzi?«
Franzi nickte. »Ja!« Sie versuchte dem Mann in die Augen zu sehen, was schwer war, weil die Krempe seines Indiana-Jones-Hutes einen dunklen Schatten auf sein Gesicht warf. Felipes Mutter und Onkel traten näher. Kim und Marie warfen sich fragende Blicke zu.
Franzi spürte ein Kribbeln in der Magengegend. Sie sah zum Ausgang der Gepäckausgabe. Wo blieb Felipe nur?!
Der junge Mann lächelte. »Ich bin Karsten Stetter«, stellte er sich vor. »Ich war mit Felipe in Mexiko und …«
»Was ist mit Felipe?«, unterbrach ihn Franzi. »Wo ist er?«
Karsten schob seinen Hut zurück. Seine Augen blickten besorgt drein. »Er hat gerade ein Problem.«

Erstickt?

»Ist Felipe etwas passiert?«, fragte Franzi mit belegter Stimme. Auch Juana sah jetzt alarmiert drein. »Was ist mit meinem Sohn?«, wollte sie wissen. Sie fasste nach Onkel Miguels Hand.

»Keine Sorge, es geht ihm gut.« Karsten hob beschwichtigend die Hände. »Wir sind wohlbehalten hier angekommen. Allerdings gibt es Ärger wegen einer der Kisten für die Ausstellung.«

Franzi zog die Stirn in Falten. »Welche Kisten?«

»Die Exponate für die Ausstellung, die nächste Woche hier im Stadtmuseum eröffnet wird, waren im gleichen Flieger wie wir«, antwortete Karsten. »Wusstest du davon nichts?«

Franzi schnippte mit den Fingern. »Die Ausstellung, doch, natürlich! *Die Gräber der Maya.* Felipe hat mir erzählt, dass durch seine Vermittlung Stücke aus dem *Museo Maya* in Campeche zum ersten Mal in Deutschland gezeigt werden – und zwar in unserem Stadtmuseum!«

»Genau.« Karsten nickte langsam. »Die Grabbeigaben sind unermesslich wertvoll. Und jetzt ist eine Frachtbox mit besonders kostbarer Keramik verschwunden. Felipe versucht gerade im Zollbereich die Angelegenheit zu klären.« Karsten räusperte sich. »Er war in Mexiko für die Vorbereitung des Versands zuständig.«

»Wir müssen sofort zu ihm und ihm helfen!«, rief Franzi. »Wir sind nämlich Detektivinnen!« Sie stellte Kim und Marie vor.

Karsten nahm seinen Hut ab und rollte ihn ein. »Schön euch kennenzulernen. Felipe hat mir schon von eurem Club erzählt.«
Marie lächelte geschmeichelt. »Dann weißt du ja bestimmt, dass wir bislang jeden noch so schwierigen Fall lösen konnten. Am besten, wir gehen jetzt zu Felipe und sehen uns mal um.« Sie reckte den Hals und warf ihr langes blondes Haar zurück. »Wo geht es denn zum Zollbereich?«
Karsten winkte ab. »Das ist sinnlos.« Er zuckte mit den Schultern. »Versteht das bitte nicht falsch – aber ihr kommt da ohne Sondergenehmigung nicht rein.« Er verstaute seinen Hut im Rucksack. »Felipe hat mich gebeten euch Bescheid zu geben, dass es noch eine Weile dauert, bis er kommt. Wir sollen so lange im Café dort drüben warten.«
Die drei !!! sahen sich enttäuscht an.
»Wir haben beste Kontakte zur Polizei«, versuchte es Kim noch einmal. »Wenn wir Kommissar Peters anrufen, kommt er bestimmt sofort hierher und wir können mit ihm zusammen zu Felipe gehen.«
Karsten schüttelte den Kopf. »Felipe möchte nicht, dass ein großes Aufheben um die Sache gemacht wird. Die Kiste ist bestimmt nicht gestohlen worden. Sie ist nur momentan nicht auffindbar. Das kann viele Gründe haben – oft passiert so etwas, wenn beim Versand nicht ordentlich gearbeitet wurde.«
Franzi schüttelte den Kopf. »So wie ich Felipe kenne, hat er alles perfekt vorbereitet.«
Juana und Miguel nickten bekräftigend.
»Wie auch immer«, Karsten schulterte seinen Rucksack, »ich

schlage vor, dass wir im Café auf ihn warten. Vielleicht ist die Kiste ja schon wieder aufgetaucht.«
Sie fanden in dem kleinen Bistro einen freien Tisch und bestellten Limo und Kaffee. Nachdem die Getränke verteilt waren, fragte Franzi Karsten: »Du hast Felipe also in Mexiko kennengelernt?«
»Richtig.« Karsten goss sich Zitronenlimonade in sein Glas ein. »Ich studiere Archäologie und habe mein Semesterpraktikum in diesem Jahr beim *Museo Maya* in Campeche gemacht.« Er trank einen Schluck. »Felipe war schon eine Woche vor mir dort. Er hat sich ja viel früher beworben als ich und daher den Platz im Museum bekommen. Ich bin dann zu den Ausgrabungsarbeiten im Urwald von Calakmul eingeteilt worden. Dort wurde vor Kurzem eine vergessene Stadt der Maya wiederentdeckt.«
Holger beugte sich vor. »Das war bestimmt spannend.«
»Absolut.« Karsten grinste. »Aber auch ganz schön anstrengend. Ich habe eine Weile gebraucht, um mich an das tropische Klima zu gewöhnen. Und dann setzte die Regenzeit dieses Jahr sehr früh ein, letzte Woche bin ich bei einer Ruine bis zur Hüfte im Schlamm eingesunken und die anderen mussten mich rausziehen. Das war nicht so lustig.« Karsten trank einen weiteren Schluck. »Aber jetzt bin ich ja wieder da. In drei Wochen beginnt das Semester und ich werde die Tage wieder am Schreibtisch verbringen – und wahrscheinlich den Regenwald vermissen.«
Kim und Michi lauschten interessiert und fragten nach weiteren Details zu Karstens Studium.
Franzi hörte der Unterhaltung nur mit halbem Ohr zu. Im-

mer wieder sah sie auf die große Wanduhr. Sie warteten jetzt schon fast eine Stunde auf Felipe. Langsam wurde es unerträglich.
Auch Juana schien immer ungeduldiger zu werden. Sie wippte mit einem Bein und lächelte Franzi nervös an. Franzi lächelte zurück. Und plötzlich nahm sie aus dem Augenwinkel wahr, wie sich die Schiebetüren vor der Gepäckausgabe öffneten. Zwei Personen traten heraus: ein Mann in dunkelgrauem Anzug mit Rollkoffer und ein schlanker Junge in Baggyjeans und weißem T-Shirt, der eine riesige Reisetasche über die Schulter geworfen hatte. Er pustete sich eine dunkle Haarlocke aus der Stirn, sah in ihre Richtung und riss augenblicklich die Arme hoch.
»Felipe!«, rief Franzi und sprang so schnell von ihrem Stuhl auf, dass er nach hinten kippte. Kim fing ihn auf, kurz bevor er zu Boden krachte. Franzi merkte es gar nicht. Sie flankte über die Holzbande, die das Café umgab, und sprintete los.
Felipe ließ seine Tasche fallen und lief ebenfalls los.
Sie trafen sich in der Mitte der Halle, genau an der Stelle, an der das Pärchen vorhin sein Wiedersehen gefeiert hatte. Franzi nahm einige Rosenblätter auf dem Boden wahr, dann sah sie in ein Paar dunkelbraune Augen. Die kleinen Goldsprengsel darin funkelten sie an und Franzi wurde in einen intensiven Blick gesogen. Ihr wurde schwindelig, sie fand keine Worte mehr. Stumm schlang sie die Arme um Felipe und spürte, wie schnell sein Herz schlug.
Sie hielten einander fest. Die Welt schien stillzustehen.
Nach einer gefühlten Ewigkeit sahen sie sich wieder an. Feli-

pe strahlte über das ganze Gesicht. *»Mi tesoro!«*, flüsterte er. »Endlich!«
»Ja«, flüsterte Franzi. Sie war sonst nicht auf den Mund gefallen und hatte in jeder Situation einen passenden Spruch parat. Aber jetzt fehlten ihr einfach die Worte, so überwältigt war sie vom Wiedersehen.
Wie durch Watte hörte sie schließlich, wie die anderen nach ihnen riefen.
Franzi räusperte sich. »Ich wünschte, wir wären allein.«
Felipe nickte. »Ich auch!« Er nahm Franzis Hand. »Aber bald haben wir wieder alle Zeit der Welt für uns.« Mit der freien Hand schulterte Felipe seine Tasche.
Als sie an den Tisch im Bistro kamen, begrüßten die anderen Felipe begeistert. Juana umarmte ihn liebevoll und gab ihm zwei herzhafte Schmatzer auf die Wangen.
»Mama, das ist peinlich.« Felipe wischte sich grinsend über das Gesicht. »Aber echt nett.« Er zog seine Mutter zu sich und gab ihr ebenfalls zwei Küsschen.
Juana strahlte über das ganze Gesicht.
Michi klopfte Felipe auf den Rücken. »Es wurde höchste Zeit, dass du zurückkommst. Ich habe eine tolle Idee für unser nächstes Feuerwerk. Die müssen wir gleich nächste Woche ausprobieren!«
Felipe nickte. »Klar, das machen wir.«
Der Mann im grauen Anzug saß mittlerweile am Tisch neben Karsten. Felipe stellte ihn Franzi vor: »Das ist Jorge Castañeda, der Direktor des *Museo Maya*. Er ist extra nach Deutschland mitgereist, um bei der Eröffnung der Ausstellung dabei zu sein!«

Franzi gab Herrn Castañeda die Hand.
»Sehr erfreut!«, sagte er lächelnd mit starkem Akzent. »Felipe hat mir schon viel von dir erzählt!«
Als Franzis Blick auf das Gepäck fiel, das Karsten und Herr Castañeda neben dem Tisch gestapelt hatten, erinnerte sie sich plötzlich an die verschwundene Kiste. Sie sah Felipe fragend an. »Ist die Frachtbox mit den Keramiken denn wieder aufgetaucht?«
Felipes Blick verdüsterte sich augenblicklich und Franzi bereute es sofort, gefragt zu haben.
»Nein«, rief Felipe ungehalten. »Es ist wie verhext. Wir haben den gesamten Bereich in der Lagerhalle abgesucht, der für die Museumsfracht abgesperrt wurde. Aber die Kiste scheint sich in Luft aufgelöst zu haben.« Felipe nestelte nervös am Riemen seiner Tasche. »Ich verstehe das nicht! Am liebsten würde ich alle anderen Hallen auch noch absuchen. Bestimmt steht die Kiste irgendwo zwischen fremdem Frachtgut herum.«
Der Direktor zog die Stirn in Falten. »Das Gelände ist viel zu groß, um eigenhändig nach einer verhältnismäßig kleinen Kiste zu suchen.« Er klopfte auf einen Stapel Unterlagen, die vor ihm auf dem Tisch lagen. »Wir müssen jetzt die Frachtrecherche der Fluglinie abwarten.«
Felipe wuschelte sich durch die Locken. »Ich verstehe es einfach nicht«, wiederholte er leise. »Alles ist so gut gelaufen, das Praktikum war ein voller Erfolg für mich – und jetzt das!«
»Felipe, das wird schon«, antwortete der Direktor. Seine Stimme klang jedoch nicht sehr optimistisch. »Die Eröffnung findet nächsten Donnerstag statt, wir haben also noch

fünf Tage Zeit. Bis dahin kann viel passieren.« Castañeda trank von seinem Kaffee. »Mach dir bitte keine Gedanken mehr, Felipe, du hast deine Sache sehr gut gemacht. Letztendlich trage ich die Verantwortung. Vielleicht habe ich dir mit der ganzen Logistik einfach zu viel zugemutet.«

Felipe schluckte. »Nein, überhaupt nicht, ich …«

Der Direktor winkte ab. »Lassen wir das für heute.« Er lächelte Felipe aufmunternd an. »Ihr wollt doch bestimmt nicht den Rest des Tages hier am Flughafen verbringen? Also ich für meinen Teil werde jetzt ins Hotel fahren.« Er stand auf, legte einen Fünf-Euro-Schein auf den Tisch und nahm seinen Koffer. »Wir sehen uns im Museum!«

»Und was ist mit der Kiste?«, beeilte sich Kim zu fragen.

Der Direktor hielt kurz inne. »Tja.« Er strich sich über das stoppelige Kinn. »Wir werden die Recherche abwarten müssen. Vielleicht wird die Box ja schon morgen gefunden.«

Marie zog ein kleines Etui aus ihrer Handtasche. »Dürfen wir Ihnen unsere Karte mitgeben? Nur für den Fall der Fälle.« Sie überreichte Herrn Castañeda ihre Visitenkarte:

Die drei !!!

Detektivinnen

Kim Jülich
Franziska Winkler
Marie Grevenbroich

Wir lösen jeden Fall!

Kontakt: siehe Rückseite

»Ihr seid Detektivinnen?«, fragte er erstaunt.
Die drei !!! nickten gleichzeitig.
»Sehr schön«, sagte der Direktor. »Aber ich hoffe wirklich, dass die Kiste auch so bald wieder auftaucht.« Er steckte die Karte ein und verabschiedete sich.
Franzi sah ihre Freundinnen enttäuscht an. »Vielleicht löst sich dieser Fall tatsächlich von ganz allein.« Sie zuckte mit den Schultern. Wenn sie ehrlich war, hatte sie jetzt gerade wenig Lust auf anstrengende Ermittlungsarbeit, langwierige Beobachtungen oder wilde Verfolgungsjagden. Sie sah ihren Freund an, der den Kopf hängen ließ. Sie musste sich jetzt um Felipe kümmern und ihn wieder aufbauen. Er hatte ihr in den letzten Monaten immer wieder vorgeschwärmt, wie toll das Praktikum gelaufen war. Der Direktor hatte ihn in den höchsten Tönen gelobt und ihm geraten nach der Schule unbedingt zu studieren. Felipe war total stolz gewesen. Und ausgerechnet jetzt musste so etwas passieren! Franzi nahm Felipes Hand und drückte sie fest.
Karsten stand auf. »Ich muss jetzt auch so langsam los, wenn ich noch einen Platz in der Jugendherberge ergattern will.«
Juana schob ihre leere Kaffeetasse zur Seite. »Du kannst gerne bei uns unterkommen, wenn du möchtest.« Sie lächelte. »Bei Studenten ist das Geld doch immer knapp und wir haben noch eine Schlafmöglichkeit im Büro neben dem Restaurant. Wie lange wolltest du denn in unserer Stadt bleiben?«
Karsten sah erfreut drein. »Ich wollte bei der Ausstellungseröffnung dabei sein und dann einfach mal weitersehen. Mein Semester beginnt erst in drei Wochen.«

»Dann wohne doch einfach bei uns, bis du wieder zur Uni musst«, sagte Felipe sofort. Er grinste. »Vielleicht willst du dir auch noch was dazuverdienen. Im Restaurant wird immer Hilfe gebraucht.«

»So habe ich das aber nicht gemeint!«, rief Juana. »Du kannst natürlich kostenlos bei uns wohnen.«

Karsten lächelte. »Vielen Dank. Das ist sehr nett von Ihnen. Ich nehme Ihr Angebot gerne an – und im Restaurant helfe ich natürlich auch mit!«

Onkel Miguel schlug Karsten auf die Schulter. »Das ist doch ein Wort.«

Im selben Moment klingelte Franzis Handy. Sie entschuldigte sich bei den anderen und ging ran. »Hi, Stefan!«

Franzis Bruder meldete sich gut gelaunt. Günther hatte tatsächlich das Auto reparieren können. Nun wollte Stefan wissen, ob er die drei !!! am Flughafen abholen sollte.

Franzi besprach sich kurz mit ihren Freundinnen. Sie beschlossen, dass Kim und Marie mit Michi und Holger die S-Bahn nach Hause nehmen würden, während Franzi mit Felipes Familie mit nach Billershausen fahren wollte.

Franzi gab Stefan die Nachricht durch. Dann betrachtete sie Karsten von der Seite. Der Student war ihr ziemlich sympathisch. Aber dass er jetzt an ihrem ersten gemeinsamen Abend mit Felipe dabei sein würde, passte ihr nicht wirklich. Sie hatte davon geträumt, dass sie eine Fahrt auf dem alten Karussell mit den Springpferden im Freizeitpark machen würden. Dort hatten sie sich zum ersten Mal geküsst und die Sterne hatten am Himmel gefunkelt. Franzi spürte, wie sie eine Gänsehaut bekam. Sie seufzte.

»Hallohallo, Erde an Franzi«, ertönte eine leise Stimme. Franzi blinzelte. Maries Gesicht war ganz nah an ihrem. Sie lächelte und fasste Franzi am Arm. »Eine Sache noch.«

»Ja?«

»Bevor du mit deinem Schatz für die nächsten Tage abtauchst, muss ich unbedingt noch etwas wissen.« Marie zuckte entschuldigend mit den Schultern.

Franzi und Felipe sahen sie verständnislos an.

»Holger meint, sie könnten erstickt sein.«

»Wer?!«

»Na, Hänsel und Gretel. Deine Geschichte von vorhin lässt mich einfach nicht mehr los. *Fast erwürgt* heißt erstickt, oder?«

Franzi musste kichern. Sie nickte. »Stimmt.«

Marie machte einen zufriedenen Gesichtsausdruck. »Also war es eine defekte Gasleitung. Hänsel und Gretel haben das Gas gerochen und das Fenster aufgerissen, aber es war zu spät, sie sind erstickt. Dann gab es eine Explosion, daher der Sand und die Glassplitter, und als sie tot am Boden lagen, hat es durchs offene Fenster geregnet, daher das Wasser.«

Franzi zog eine Augenbraue hoch. »Nicht schlecht.«

Felipe sah fassungslos von einem Mädchen zum anderen. »Was zum Teufel …«

»Ich erklär es dir gleich«, beeilte sich Franzi zu sagen. Dann wandte sie sich an Marie: »Ich muss dir aber leider sagen, dass sich die Geschichte anders zugetragen hat. Komplett anders.« Sie klopfte Marie auf den Rücken. »Vielleicht hilft es dir weiter, wenn du das Ganze nicht so, ähm, *tierisch* ernst nimmst.«

Marie schüttelte den Kopf. »Was soll das denn heißen?«
»Du darfst nur Fragen stellen, die mit Ja oder Nein zu beantworten sind«, sagte Franzi lachend. »Und für heute ist die Runde beendet.«
»Das kannst du nicht machen«, rief Marie. »Ich muss wissen, was passiert ist! Du weißt doch, eine der größten Detektivstärken ist Neugier!«
Franzi schüttelte den Kopf. »Nein! Die größte Stärke ist: Geduld!« Geschickt wich sie Maries Kitzelattacke aus und zog Felipe mit sich fort.

Die Maske der Königin

Sind Hänsel und Gretel überhaupt M e n s c h e n ? LG, Marie

Franzi tippte ihre Antwort:

Gute Frage. Die Antwort ist: Nein! Bis gleich, LG, Franzi

Franzi steckte das Handy in ihren Rucksack und schüttelte den Kopf. Marie hatte sie in den letzten fünf Tagen bestimmt zehn Mal angerufen und ihr SMS geschickt, um die verrücktesten Versionen zum Tatgeschehen abzufragen. Franzi warf sich ihren Rucksack über die Schulter und lief über den Flur. Ein Lächeln huschte über ihr Gesicht. Hartnäckig war Marie ja. Aber wahrscheinlich wollte sie sich nur ablenken, weil Holger für eine Woche zu einem Parkouring-Training verreist war.
Franzi sah kurz in den Spiegel an der Garderobe. Zur Feier des Tages hatte sie ihre Skaterklamotten gegen ein grünes Minikleid, Leggins und Ballerinas getauscht. Der Anblick war ziemlich ungewohnt – aber nicht schlecht! Franzi war zufrieden und gespannt, was Felipe sagen würde.
Schnell sah sie noch in die Küche. Ihre Mutter und ihre Oma saßen am Tisch und tranken Kaffee. Franzi winkte und rief: »Ich treffe jetzt Kim und Marie und dann gehen wir zur Ausstellungseröffnung im Stadtmuseum.«
»Aber zum Abendessen bist du wieder da«, antwortete ihre Mutter.

»Klar!« Franzi gab ihr und Oma Lotti einen Kuss.
»Vielen Dank noch mal für die Krokusse«, sagte ihre Großmutter.
Franzi nickte. »Hab ich gerne gemacht!«
Ihre Oma hatte vor einiger Zeit einen Schlaganfall erlitten und konnte sich nicht mehr alleine versorgen. Daher war sie zu ihnen ins Bauernhaus gezogen und hatte ihr eigenes Haus verkauft. Dieser Schritt war ihr sehr schwergefallen. Besonders der große Garten mit den vielen Blumen fehlte Oma Lotti sehr. Franzi hatte deshalb ein paar ihrer geliebten Krokusse ausgegraben und im Vorgarten vom Bauernhaus eingesetzt. Die ersten hellgrünen Triebe waren schon letzte Woche zum Vorschein gekommen. Seitdem sah Oma Lotti jeden Morgen nach, wie weit die Pflanzen schon gewachsen waren. Ihre Augen leuchteten dabei immer voller Freude.
Franzi ließ die Haustür ins Schloss fallen. Sie sah zufrieden auf das dicke grüne Pflanzenpolster am Wegrand. Das war die beste Idee seit Langem gewesen!

Im *Café Lomo* herrschte reger Betrieb. Marie und Kim hatten schon ihren Lieblingsplatz mit den bunten Bodenkissen und dem niedrigen Tischchen besetzt und winkten. Sie begrüßten Franzi mit einer festen Umarmung und Küsschen. Auf dem Tisch standen zwei dampfende Becher *Kakao Spezial*, das Lieblingsgetränk der drei !!!. Ein verführerischer Duft nach Schokolade und Vanille hing in der Luft. Franzi schnupperte genießerisch. Sie bestellte ebenfalls einen *Kakao Spezial*. Er wurde Minuten später zusammen mit einem winzigen Osterschokohasen auf dem Unterteller geliefert.

»Wenn du ihn gleich in den heißen Kakao wirfst und gut umrührst, gibt es ein besonders schokoladiges Aroma«, sagte Kim fachmännisch.
Franzi sah ihre Freundin mit gespieltem Entsetzen an. »Ich will das arme Tier doch nicht ertränken.« Sie nahm den Hasen und ließ ihn als Ganzes in ihrem Mund verschwinden. »Lieber ein schneller Tod durch Verschlingen«, nuschelte sie.
»Apropos *tot*«, setzte Marie an. »Deine beiden Leichen aus der Geschichte sind also keine Menschen …«
»Die Sache lässt dich wohl gar nicht los, was?« Franzi grinste.
»Richtig.« Marie zuckte mit den Schultern. »Ich bin eben durch und durch Detektivin.«
»Aber es gibt doch auch noch anderes im Leben.« Franzis Gesicht nahm einen träumerischen Ausdruck an. »Zum Beispiel die Liebe.«
»Da hast du allerdings recht. Du schwebst gerade auf Wolke sieben, was?«, sagte Marie und grinste.
Franzi nickte. »Absolut. Die letzten Tage waren einfach perfekt. Es ist so schön, dass Felipe endlich wieder da ist!« Sie strahlte ihre Freundinnen an und zog ihr Handy hervor. »Wollt ihr ein Foto sehen, das wir gestern gemacht haben?«
»Klar!«, riefen Kim und Marie wie aus einem Mund.
Während Franzi das Bild suchte, murmelte sie: »Und dass die Kiste wieder aufgetaucht ist, hat das Glück vollkommen gemacht.«
»Das habe ich übrigens immer noch nicht richtig verstanden«, sagte Kim. »Die Box ist in Mexiko gar nicht eingeladen

worden und stand zwei Tage dort auf dem Flughafen herum? Wie kann so etwas denn passieren?«
»Das hat sich Felipe auch gefragt.« Auf Franzis Stirn erschien eine steile Falte. »Auf der Kiste hat der Adressaufkleber gefehlt. Deshalb wurde sie nicht ins Flugzeug eingeladen. Aber Felipe kann schwören, dass er ein Etikett befestigt hat. Beim Verladen hat er auch noch mal alles genau kontrolliert, da war alles in Ordnung.«
»Sehr merkwürdig«, stellte Kim fest. »Aber wenigstens ist sie nicht gestohlen worden.«
Franzi nickte. »Das wäre eine echte Katastrophe gewesen. Die darin verpackten Ausstellungsstücke sind extrem wertvoll.«
»Ist die Box denn noch rechtzeitig angekommen?«, wollte Marie wissen.
Franzi schüttelte den Kopf. »Leider nicht, sie kommt erst in den nächsten Tagen. Für die Eröffnung der Ausstellung hat das Museum jetzt Repliken in die Vitrinen gestellt, die später gegen die Originale ausgetauscht werden.«
»Also ist der Fall ›Die verschwundenen Kakaobecher der Maya‹ schon gelöst.« Marie zwinkerte ihren Freundinnen zu. »Ist doch gar nicht schlecht. Jetzt haben wir genügend Zeit für die Liebe!«
»Genau!« Franzi wischte auf ihrem Handy und schob es dann zu Kim und Marie. »Hier ist übrigens das Bild.«
»Wie süß!«, quiekte Marie sofort.
Kim nickte. »Total verliebt! Wart ihr da auf dem Springpferdkarussell im Freizeitpark?«
Franzi nickte. »Ja. Felipe hat sich vom Betreiber des Fahrgeschäfts den Schlüssel geben lassen und wir haben am Abend

ganz allein eine Runde gedreht. Anschließend haben wir ein Picknick gemacht. Felipe hatte ganz viele leckere Sachen aus dem Restaurant seiner Mutter eingepackt. Die haben wir dann in einem der kleinen Geisterbahn-Waggons gegessen. Es war *so* romantisch.«

Kim sah verträumt drein. »So etwas möchte ich mit Michi auch mal machen.« Sie seufzte. »In der letzten Zeit haben wir gar nichts mehr zu zweit unternommen.«

»Ich kann Felipe gerne fragen, ob ihr auch mal abends nach der Schließung in den Park dürft«, schlug Franzi vor.

»Das wäre toll.«

Marie blieb der Mund offen stehen. »Ihr findet ein Picknick in der Geisterbahn … *romantisch*?!«

Franzi lachte. »Wir waren ja nicht *in* der Geisterbahn. Die Waggons waren *davor* abgestellt.«

Marie schüttelte sich. »Aber sie haben die Form von Totenköpfen mit blutrünstig aufgerissenen Mündern.«

Kim sah Marie verwundert an. »Aber das sieht man doch nicht, wenn man drinsitzt.«

»Richtig, und die roten Samtbezüge der Sitzbänke sind ganz weich«, fügte Franzi versonnen hinzu.

Marie schüttelte den Kopf. »Euch ist echt nicht zu helfen.« Sie zog ihren Schminkspiegel aus der Tasche und überprüfte ihr Augen-Make-up.

Franzis Blick fiel auf die große Uhr über dem Tresen. »In einer Viertelstunde müssen wir los. Ich will nicht zu spät zur Ausstellungseröffnung kommen.«

»Alles klar«, sagte Kim, »aber einen kleinen Muffin kann ich mir noch genehmigen, oder?« Sie winkte der Kellnerin.

»Keine Sorge«, murmelte sie, als drei Minuten später das Gebäck gebracht wurde und Franzi erneut einen Blick auf die Uhr warf. »So ein kleines Teil verdrücke ich in null Komma nichts.« Kim biss die Hälfte des Muffins ab. Dann deutete sie auf Marie, die konzentriert in ihren Taschenspiegel sah. »Ob unsere Beauty-Queen allerdings so schnell mit ihrem Lidstrich klarkommt, weiß ich nicht.«
Marie zückte einen Kajalstift. »In fünfzehn Minuten schminke ich ein *komplett neues Gesicht*«, murmelte sie, während sie gekonnt den Lidstrich nachzog. »Mit Foundation, Rouge, Smokey-Eyes *und* Lippenkontur.« Sie legte den Stift beiseite. »Und zwar uns allen *dreien*.«
Franzi verzog den Mund. »Besten Dank, ich will nicht aussehen wie in den Farbtopf gefallen.«
Marie sah Franzi beleidigt an. »Ein bisschen Farbe würde dir bestimmt nicht schaden.« Sie kramte in ihrem Schminkbeutel. »Immerhin trägst du heute mal schöne Klamotten. Nimm wenigstens etwas Lipgloss. Hier.« Sie legte eine kleine Tube vor Franzi auf den Tisch. »Zartes Perlmutt-Rosé harmoniert hervorragend mit dem Lindgrün deines Kleides.«
Franzi lachte los. »Auf was du alles achtest.« Sie trug etwas von der rosafarbenen Creme auf ihre Lippen auf und schmatzte. »Erdbeer, lecker.«
Marie betrachtete Franzi zufrieden. »Sehr gut! Jetzt noch ein klein wenig Wimperntusche und einen Hauch Rouge …«
»Nein«, sagte Franzi bestimmt. »Jetzt zahlen wir und dann gehen wir endlich zum Museum. Kim, bist du fertig?«
Ihre Freundin nickte und steckte sich den letzten Bissen von

ihrem Muffin in den Mund. Sie gab ein *Hmpf* von sich, das wohl Zustimmung ausdrücken sollte.
»Nicht ersticken«, mahnte Franzi lachend.
»Wo wir wieder beim Thema wären«, rief Marie. Sie betrachtete Kim nachdenklich. »Sind Hänsel und Gretel vielleicht Hamster, die die Backen zu voll genommen haben und erstickt sind?«
Kim schluckte. »Sehr witzig.«
»Ich meine das ganz ernst«, antwortete Marie.
Franzi lachte. »Tiere sind schon mal nicht schlecht. Aber Hänsel und Gretel sind definitiv keine Hamster.«
»Mist. Und woher kommt das Wasser, der Sand und die Glasscherben?«, murmelte Marie.
»Das sollst *du* doch herausfinden«, sagte Franzi. »Aber jetzt kommt endlich.« Sie legte einen Geldschein auf den Tisch und nahm ihren Rucksack. »Ich lade euch ein. *Die Gräber der Maya* warten!«

Das Stadtmuseum lag nur wenige Gehminuten vom *Café Lomo* entfernt in der Nähe der Fußgängerzone. Sie kannten das alte, verschachtelte Gebäude gut. Nicht nur zahlreiche Schulausflüge hatten sie hierhergeführt, sondern auch zwei Fälle, bei denen sie erfolgreich im Umfeld des Museums ermittelt hatten.
Marie zog die schwere Eingangstür auf. Sie drängten sich durch die Menschenmenge im Foyer.
»Wow«, sagte Kim. »So viele Leute habe ich hier noch nie gesehen.«
Franzi nickte. »Die Ausstellung ist ja auch ein absolutes

Highlight. Die Sachen werden zum allerersten Mal in Deutschland gezeigt.« Sie stellte sich auf die Zehenspitzen und blickte sich suchend um. »Wo steckt Felipe denn? Dahinten sehe ich Dr. Castañeda und Karsten. Und drüben am Sektstand steht Dr. Bramlage.« Sie winkten dem Mann zu, der lächelnd zurückwinkte.

Die drei !!! hatten Dr. Bramlage bei einem spannenden Fall in den Weihnachtsferien kennengelernt.

»Er ist jetzt übrigens nicht mehr Leiter der Abteilung für religiöse Kunst«, erzählte Franzi weiter. »Es gab eine Reihe von Erneuerungen im Museum und er wurde zum Direktor ernannt. Auch ein neuer Kurator ist eingestellt worden.«

»Du bist ja gut informiert«, ertönte plötzlich eine sehr bekannte Stimme hinter ihr. Franzi drehte sich um und sah in die blitzenden Augen ihres Freundes. Sie lachte. »Ich kenne da so einen Typen, der mir in der letzten Zeit viel vom Museum erzählt hat.«

»Ach?!« Felipe lächelte und breitete die Arme aus. »Hallo, schöne Frau! Toll siehst du aus!« Sie gaben sich einen Kuss.

Dann begrüßte Felipe Kim und Marie: »Schön, dass ihr auch gekommen seid!«

»Das war doch klar! Vielen Dank für die Einladung«, antwortete Marie. »Franzi hat uns so viel von den *Gräbern der Maya* erzählt – da müssen wir doch unbedingt bei der Ausstellungseröffnung dabei sein. Holger wäre auch gerne gekommen, aber er ist für eine Woche auf einem Parkouring-Workshop. Ich soll dich von ihm grüßen.«

Felipe nickte. »Danke!«

»Auch von Michi viele Grüße«, sagte Kim. »Er musste leider

ausgerechnet heute im Laden seines Vaters einspringen. Da ist ein Großauftrag reingekommen.«
»Schade, aber ist schon klar.« Felipe legte den Arm um Franzi. »Ich finde es so schön, dass diese kostbaren Grabbeigaben nun auch in Deutschland gezeigt werden.«
»Und glücklicherweise ist ja auch die Kiste mit den Keramiken wieder aufgetaucht!«, sagte Marie.
Felipe nickte heftig. »Ich kann es mir immer noch nicht erklären, wie das mit dem Adressaufkleber passiert ist.« Er seufzte. »Aber Grübeln bringt ja doch nichts. Kommt, ich stelle euch lieber Königin Xana vor!«
Die drei !!! sahen sich verwundert an.
»Du kennst eine echte Königin?«, fragte Marie.
»Aber sicher!«, antwortete Felipe grinsend und bahnte sich zielstrebig einen Weg durch die Menge. Die drei !!! folgten neugierig.
Im angrenzenden Saal lief Felipe auf eine große Vitrine zu. »Darf ich vorstellen – der Star der Ausstellung: Königin Xana.« Er verbeugte sich. »In ihrer originalgetreu nachgebauten Grabkammer, in der sie vor ungefähr 1.300 Jahren nach Maya-Ritual beerdigt wurde.«
Franzi trat vorsichtig an das rote Samtseil heran, das eine Sicherheitszone um die Vitrine herum markierte. Das Innere des Glaskastens war an drei Seiten mit groben Steinquadern ausgelegt und raffiniert beleuchtet. Ein unter einem roten Tuch verhüllter Körper ruhte am Boden der Kammer. Auf dem Stoff lagen goldene und silberne Ringe, Ketten und Armreifen, die im Licht funkelten. Reich verzierte Keramikteller und -becher waren seitlich drapiert. Das Gesicht der

Toten bedeckte eine Maske aus grünen und blauen, magisch schimmernden Mosaiksteinen. Die mandelförmigen Augen waren aus weißen Steinen nachgebildet und schienen von innen heraus zu leuchten. Bronzefarbene Ohrgehänge lagen rechts und links von der Maske auf dem roten Samt.

Die Augen sahen richtig echt aus. Sie blickten den Betrachter zugleich fragend und wissend an.

Franzi spürte, wie ihr eine Gänsehaut den Rücken heraufkroch. »Unheimlich«, murmelte sie. »Unheimlich, aber wunderschön.«

Marie schluckte. »Liegt da unter dem Tuch eine *echte* Mumie?«

Felipe schüttelte den Kopf. »Nein. Man hat mit Schaumstoff die Form eines menschlichen Körpers nachgebildet, damit alles realistischer wirkt.«

Marie atmete auf. »Mit dieser Info kann ich mir das gleich viel entspannter ansehen. Die Maske ist wunderschön!« Sie blickte auf die kleine Tafel, die am Fußende der Grabkammer befestigt war. »Hier steht, dass sie aus Obsidian und Jade gefertigt ist. Das Ganze muss ein Vermögen wert sein.«

Felipe nickte. »Allein der Materialwert ist unfassbar hoch. Was die Maske noch kostbarer macht, ist die Tatsache, dass sie und die Grabbeigaben nahezu vollständig erhalten sind. Viele Maya-Gräber wurden nämlich im Lauf der Jahrhunderte geplündert oder zerstört. Oder sie sind so gut versteckt, dass man sie bislang nicht entdeckt hat.«

»Woher weiß man denn so genau, dass dies das Grab einer Königin mit dem Namen Xana ist?«, wollte Kim wissen. »Ich meine, ich kann nirgends eine Inschrift finden.«

Felipe lächelte. »Man weiß es nicht genau. Aber solche wertvollen Totenmasken hat nicht jeder Tote bekommen, nur sehr reiche Leute. Auch die Kakaobecher, die als Grabbeigaben dazugelegt worden waren, deuten darauf hin, dass die Frau von hoher Abstammung war. Kakao war bei den Maya ein sehr teures Getränk, das Adligen und Königen vorbehalten war.«
»Es wäre ein Albtraum für mich, wenn ich mir keinen *Kakao Spezial* leisten könnte«, murmelte Kim.
Franzi und Marie kicherten.
Felipe trat einen Schritt zur Seite. »Wenn ihr genau hinseht, erkennt ihr auf den Kakaobechern Spuren einer aufwendigen Verzierung. Diese hier auf den Repliken ist nicht ganz so genau. Aber auf den Originalen erkennt man die Vanillepflanzen gut.«
»Oh!«, rief Franzi dazwischen. »Haben die Maya ihren Kakao etwa auch mit Vanille verfeinert? Dann geht der *Kakao Spezial* im *Lomo* ja auf einen uralten Maya-Brauch zurück?«
Felipe grinste. »Das kann ich dir nicht sagen. Nur, dass die Forscher, die die Becher mit dem Vanillemuster gefunden haben, sich an eine alte mexikanische Legende erinnert haben. Darin geht es um die Entdeckung der Vanille und eine Frau mit dem Namen Xanath spielt eine große Rolle. Deshalb haben die Wissenschaftler die Maske Xana getauft.«
»Was für eine schöne Idee«, stellte Kim fest. »Die Legende musst du uns mal erzählen.«
Plötzlich wurde das Stimmengewirr, das die ganze Zeit um sie herum geherrscht hatte, leiser und verstummte schließlich ganz. Die Leute bewegten sich auf ein Ende des Saals zu.

Ein großer, schlanker Mann hatte dort ein Podest betreten.
»Das ist der neue Kurator des Museums«, sagte Felipe. »Dr. Felix Mahler.«
Sie drängelten sich weiter nach vorne, um besser zuhören zu können.
Dr. Mahler begrüßte das Publikum und hieß es zur neuen, *spektakulären* Ausstellung herzlich willkommen. Er berichtete, dass das Museum neue Wege beschreite und, neben zahlreichen Renovierungsarbeiten und Umbauten, einen neuen Finanzplan aufgestellt habe. Damit würden Kosten an verschiedenen Stellen eingespart, um so weitere publikumswirksame Projekte wie *Die Gräber der Maya* zu finanzieren.
»Unser Museum ist etwas ganz Besonderes geworden«, sagte der Kurator stolz. »Eine neue Ära der Museumskultur hat begonnen – das Stichwort heißt *Erleben*!«
Das Publikum klatschte.
Er fuhr fort: »Ich danke dem *Museo Maya* in Campeche für die hervorragende Kooperation, besonders dem Direktor Dr. Jorge Castañeda und seinem Mitarbeiter Felipe Baer-Cavallo, der den Kontakt hergestellt und somit diese Ausstellung überhaupt ermöglicht hat.«
Felipe bekam rote Wangen. Franzi warf ihren Freundinnen einen stolzen Blick zu.
»Glückwunsch!«, ertönte plötzlich eine Stimme hinter Felipe. Franzi erkannte Karsten. Der Student nickte den drei !!! zu und begrüßte Felipe per Handschlag. »Bei einer Ansprache mit Namen erwähnt zu werden passiert nicht oft«, flüsterte er.

Felipe nickte. »Danke!« Es war ihm anzusehen, wie sehr er sich freute.
Der Kurator schien zum Schluss zu kommen: »Und nun lade ich Sie dazu ein, in die faszinierende Welt der Maya abzutauchen. Bewundern Sie die wertvolle Maske der Königin, entziffern Sie Hieroglyphen am Touchscreen, genießen Sie eine Runde des berühmten Ball-Spiels der Maya mit vollem Körpereinsatz per Wii.« Der Kurator machte eine Kunstpause, dann fuhr er fort: »Und lassen Sie sich von unserem Gewinnspiel überraschen! Ich verrate nur so viel: Auch hier ist Körpereinsatz gefordert – denn unser Museum ist nicht nur etwas für den Kopf!« Dr. Mahler strahlte das Publikum an. »Die Station ›Meisterdieb im Museum‹ wurde in der Zwischenzeit in unserem Foyer aufgebaut, viel Spaß!« Er verabschiedete sich mit einem knappen Nicken.
Felipe stupste Franzi in die Seite. »*Körpereinsatz* – da musst du doch dabei sein.«
Franzi nickte begeistert und stürmte los.
Dreißig Sekunden später war sie als Erste im Vorraum des Museums angelangt. Eine blonde junge Frau stand dort neben einer hüfthohen Säule, auf der ein Päckchen lag. In einigem Abstand war ein schwarzer, koffergroßer Kasten abgestellt. Während weitere neugierige Menschen ins Foyer strömten, erklärte die Frau Franzi das Spiel: »Stell dir vor, du bist ein Museumsdieb und willst zum Beispiel die Maske der Königin stehlen. Das machen wir dir natürlich nicht so einfach …« Die Frau tippte auf dem Laptop und plötzlich durchzog ein Gewirr von blauen, haarfeinen Strahlen den Raum um die Säule. »Das Exponat ist durch eine Alarman-

lage gesichert. Ein ganz ähnliches System wird tatsächlich seit Kurzem bei uns im Museum eingesetzt. Nur sind die Laserstrahlen dort unsichtbar.«

Die Frau lächelte Franzi an. »Um an den Schatz zu gelangen, musst du das Laserfeld überwinden, ohne einen der Strahlen zu berühren. Sonst wird der Alarm ausgelöst.« Die Frau fuhr mit der Hand durch einen der Laser. Augenblicklich schrillte ein lauter Pfeifton los. Franzi zuckte zusammen. Die Frau beendete den Alarm per Tastendruck auf ihrem Laptop. »Also, bist du bereit? Dein Gewinn wartet auf dich!«, sagte sie und nickte in Richtung des Päckchens. »Ich wünsche dir viel Glück!«

»Alles klar!« Franzi lockerte Arme und Beine und atmete tief durch. Dann hob sie vorsichtig das rechte Bein und stieg über den ersten, waagrecht verlaufenden Laser in Kniehöhe hinweg. »Das war leicht«, murmelte sie. Auch die nächsten Laser überwand Franzi spielend, obwohl sie schon weitaus kniffligere Barrieren bildeten. Einige Leute klatschten. Die Frau hob anerkennend den Daumen. »Du bist gut!«

Als Nächstes kam eine Formation mit dicht beieinanderliegenden waagrechten Strahlen, die wie eine Jalousie den Weg versperrten. Sie endeten knapp über dem Boden und ließen eine ungefähr dreißig Zentimeter hohe Lücke. Unter den gespannten Blicken des Publikums robbte Franzi flach auf dem Bauch liegend hindurch.

»Das ist filmreif«, raunte Marie.

Felipe nickte. »Aber wie sie durch das letzte Laserfeld kommen will, ist mir ein Rätsel.«

Franzi stand vor einer Wand aus senkrechten und horizonta-

len blauen Strahlen, die ein Gitternetz aus unterschiedlich großen Rechtecken bildeten. Ungefähr auf Brusthöhe war ein freies Quadrat in der Größe eines Sprudelkastens. Franzi wippte kurz auf den Zehenspitzen. Dann schnellte sie mit gestreckten Armen in die Höhe und machte eine Hechtrolle. Millimetergenau schoss sie durch das freie Quadrat.
»Toor!«, rief Felipe begeistert. Das Publikum lachte und klatschte. Franzi rollte weich über die Schulter ab, stand auf und riss siegessicher die Arme hoch. Sie lief zu der Säule und griff nach dem Päckchen.
Im gleichen Moment gellte ein ohrenbetäubendes Pfeifen los.
Franzi zuckte zusammen. Hatte sie einen Laser übersehen? Enttäuscht blickte sie nach hinten. Nein, die letzten blauen Linien verliefen mehr als einen halben Meter entfernt von ihr.
Es dauerte ein paar Sekunden, bis Franzi klar wurde, dass der schrille Ton nicht zum Gewinnspiel gehörte.
»Das ist der Museumsalarm!«

Alarm im Museum

Franzis Stimme ging im aufgeregten Gemurmel der Menschenmenge völlig unter. Der Pfeifton schwoll weiter an. Ein merkwürdiges Rumpeln und Surren kam dazu. Ein kleiner Junge fing an zu weinen. Die Leute gerieten immer mehr in Unruhe. Franzi sah die blonde Frau fragend an. Sie zuckte mit den Schultern und zeigte mit den Handflächen nach oben. Offensichtlich hatte auch sie keine Ahnung, was gerade geschah. Sie suchte Blickkontakt mit einem Museumsmitarbeiter, der gerade hektisch hinter dem Kassentresen zum Telefon griff.

Franzi lief zu Marie und Felipe hinüber. »Was ist denn los?«, rief sie atemlos.

Marie und Felipe sahen sie ratlos an. »Keine Ahnung«, sagte Marie. »Aber über dem Eingang zu Saal 1 blinkt eine Lampe. Wahrscheinlich wurde dort Alarm ausgelöst. Kommt, wir sehen nach. Kim ist auch schon da.«

Marie zog Franzi mit sich, Felipe stolperte hinterher.

Kaum hatten sie den Saal betreten, hielt Kim plötzlich in der Bewegung inne. »Was ist mit den Fenstern und Türen los?!«

Franzi sah, wie sich wie von Geisterhand Gitter vor die Glasflächen schoben. In dem Moment, in dem die Barrieren am Boden einrasteten, erstarb der Alarmton.

»Wir sind eingesperrt!«, rief Marie.

»Was hat das alles zu bedeuten?«, murmelte Franzi. »Hat jemand versucht etwas zu stehlen?« Unwillkürlich sah sie in Richtung der Vitrine mit der Grabkammer. Der Glaskasten

wirkte unbeschädigt, zumindest dort schien alles in Ordnung zu sein.
Im Raum befand sich nur ein gutes Dutzend Personen, die meisten Besucher hatten sich zum Gewinnspiel in das Foyer begeben. Gleich neben der Vitrine entdeckte Franzi jetzt Karsten. Er unterhielt sich aufgeregt mit einem der Museumswärter. Franzi machte die anderen darauf aufmerksam. »Lasst uns zu Karsten gehen. Vielleicht erfahren wir mehr von ihm.«
Als die drei !!! und Felipe an der Vitrine ankamen, war der Museumswärter gerade dabei, in sein Funkgerät zu sprechen. Karsten kratzte sich am Kopf. »Was für eine Aufregung!«
Felipe nickte. »Weißt du, was passiert ist?«
»Ich habe gerade mit Timo Bach drüber gesprochen.« Der Student deutete auf den Museumswärter. »Er nimmt an, dass es einen Fehlalarm gegeben hat. Das passiert in der letzten Zeit häufiger, weil die neue digitale Sicherungsanlage noch nicht richtig eingestellt zu sein scheint. Jedenfalls werden seit Neuestem bei ausgelöstem Alarm automatisch alle Ausgänge und Fenster geschlossen und sogar die Polizei informiert.«
Wie auf Kommando erklangen draußen Polizeisirenen.
»Da sind sie mal wieder«, sagte der Museumswärter. Er hatte sein Gespräch beendet und steckte das Funkgerät in die Brusttasche seiner Uniform. Der große, durchtrainiert wirkende Mann seufzte und fuhr sich durch das kurz geschnittene schwarze Haar. »Das ist der dritte Fehlalarm in drei Wochen. Langsam reicht es mir.«
Karsten stellte die drei !!! und Felipe vor. Timo Bach nickte

ihnen zu. »Dass das ausgerechnet heute bei der Eröffnung passieren muss.«

»Woher wissen Sie denn, dass es wirklich nur ein falscher Alarm war?«, wollte Kim wissen. »Es könnte doch etwas gestohlen worden sein. Oder jemand hat zumindest versucht etwas zu entwenden …«

Timo Bach schüttelte den Kopf. »Nein. Ich habe alle Vitrinen und die gehängten Exponate in diesem Saal kontrolliert. Es fehlt nichts und es ist auch nichts beschädigt.«

Ein weiterer Museumswärter steuerte auf sie zu. »Timo, die Herren von der Polizei sind da«, schnaufte der korpulente Mann mit eisgrauem Stoppelhaarschnitt und einem dicken Schnurrbart.

Franzi schätzte ihn auf Mitte fünfzig. Sie las den Namen auf dem Schild, das am Kragen seiner Uniformjacke angeheftet war: Thomas Schneider.

»Na, dann wollen wir mal wieder«, sagte Timo und verdrehte die Augen. »Wir haben ja nichts Besseres zu tun, als ständig Fehlalarm-Protokolle zu unterschreiben. Diese neue Sicherheitsanlage macht nur Arbeit!«

Thomas Schneider nickte. »Und das, wo wir jetzt nur noch zu zweit sind.«

Kim sah den Museumswärter an. »Gibt es tatsächlich nur Sie beide hier, die alle Säle beaufsichtigen? Wie ist das denn zu schaffen?«

Timo Bach verzog den Mund. »Das ist allerdings ein fast unmögliches Kunststück. Aber der Herr hier«, er zeigte auf den Kurator, der gerade mit zwei Polizisten zusammen eintrat, »ist der Meinung, dass die neuen Sicherheitsvorkehrun-

gen hier im Museum völlig ausreichend sind. Deshalb wurden zwei Mitarbeiter, die vor einem Vierteljahr in Rente gegangen sind, nicht ersetzt. Zwei weitere haben gekündigt und ihre Stellen wurden ebenfalls bis heute nicht besetzt. Es werden Aushilfskräfte beschäftigt, die uns vertreten, wenn wir Urlaub haben, krank sind oder Pause machen.«
»Da kommt auch kein fest angestellter Mitarbeiter mehr«, sagte Thomas Schneider. »Glaub mir, die lassen uns beide schuften, bis wir tot umfallen. Dabei hat mir der Beruf früher so viel Spaß gemacht!«
»Wie lange sind Sie denn schon dabei?«, fragte Kim.
»Ich habe vor fast zehn Jahren hier angefangen, Thomas schon vor fünfundzwanzig«, antwortete Timo Bach.
Der Kurator kam in Begleitung zweier Polizisten auf sie zu. Er sah gestresst aus. »Herr Schneider, Herr Bach, ich gehe davon aus, dass wir einen falschen Alarm hatten, richtig?«
Die beiden Museumswärter nickten.
»Das passiert aber oft bei Ihnen«, sagte einer der Polizisten. »Sie sollten dringend überprüfen lassen, warum immer gleich großer Alarm mit Polizeieinsatz ausgelöst wird. Das ist auf Dauer ein teurer Spaß.«
Der Kurator zuckte mit den Schultern. »Ich weiß. Leider sind die Techniker dem Fehler bisher einfach nicht auf die Spur gekommen.« Er kratzte sich am Kopf. »Ich habe mir das alles völlig anders vorgestellt.«
Timo Bach nickte bedächtig. »Wir uns auch.«
»Was soll das heißen, Herr Bach?«, fragte Dr. Mahler eisig.
Der Museumswärter schwieg und nahm konzentriert seine Schuhspitzen in Augenschein.

Die Polizisten wechselten einen vielsagenden Blick. »Wir sollten dann mal den Rundgang machen und das Prozedere abschließen«, sagte der eine schnell.
Sein Kollege räusperte sich. »Richtig. Am besten bitten Sie die Besucher jetzt, das Museum zu verlassen. Die Kollegen stehen schon beim Eingang und werden kontrollieren, ob sich jemand auffällig verhält oder etwas bei sich hat.«
»Gut.« Der Kurator wandte sich ab und ging auf drei alte Damen zu, die etwas verloren in der Ecke standen. »Ich muss um Ihr Verständnis bitten«, sagte er. »Aber es wäre sehr nett, wenn Sie den Saal jetzt verlassen würden. Wir laden Sie gerne auf einen Kaffee oder ein anderes Getränk im Museumscafé ein und hoffen, dass der Schreck nicht allzu groß war.«
Die drei Damen nickten verständnisvoll und begaben sich zum Ausgang des Saals. Der Kurator sprach die restlichen Besucher an. Auch diese verließen ohne Widerrede den Raum.
»Ich helfe Ihnen das Publikum im Foyer über den Fehlalarm zu informieren«, sagte Karsten und machte einen Schritt auf Dr. Mahler zu. Der Kurator nickte. »Danke, das ist sehr nett von Ihnen.«
Die beiden verließen gemeinsam den Saal. Die drei !!! und Felipe folgten in einigem Abstand.
Kim zog die Stirn in Falten. »Irgendetwas kommt mir komisch vor.«
Felipe sah Kim erstaunt an. »Was meinst du damit?«
»Ich habe Karsten vorhin bei der Grabkammer beobachtet.« Kim zögerte, dann fuhr sie fort: »Er stand sehr nahe dran und wirkte irgendwie nervös.«

Auf Felipes Stirn erschien eine Falte. »Was willst du damit sagen?«

Kim pustete sich eine Haarsträhne aus dem Gesicht. »Ich weiß, es klingt total übertrieben, aber Karsten kommt mir verdächtig vor.«

Felipe sah Kim entsetzt an. »Das ist doch völlig absurd! Es gab einen Fehlalarm, warum auch immer. Zum Glück ist nichts passiert. Fertig.«

Kim sah nachdenklich in die Ferne. »Hoffentlich.«

Detektivtagebuch von Kim Jülich
Donnerstag, 22:30 Uhr

Felipe meinte heute Nachmittag, dass ich durch unsere Detektivarbeit etwas betriebsblind geworden bin und deshalb an allen Ecken und Enden Kriminelle vermute, wo gar keine sind. Ich musste ganz schön schlucken.

Jetzt bin ich hin- und hergerissen zwischen meinem Bauchgefühl und den rationalen Argumenten, die gegen meinen Verdacht sprechen. Aber ich habe mich bis jetzt doch immer auf mein Gefühl verlassen können! Mann, ist das schwierig. Vielleicht hilft es, alles aufzuschreiben. Also, der Reihe nach:

Heute gab es einen Vorfall bei der Ausstellungseröffnung im Stadtmuseum. Ein Alarm wurde ausgelöst, und zwar in einem Saal, in dem eine unermesslich wertvolle Totenmaske einer Maya-Königin ausgestellt wird. Das Museum besitzt seit einem Vierteljahr ein neues Sicherheitssystem, das international den momentan höchsten Standard hat. Das haben uns zwei Museumsaufseher erzählt, mit denen wir uns nach dem Alarm unterhalten haben.

Tagsüber sind Laserfeld-Anlagen aktiviert und nachts sogenannte intelligente Netzwerkkameras, die auf die kleinste Bewegung reagieren und sofort eine Aufnahme starten. Gleichzeitig geht ein Ruf im nächstgelegenen Polizeirevier ein und an allen Türen und Fenstern werden Gitter heruntergelassen.
Eigentlich ist diese Alarmanlage wirklich super, allerdings hat sie irgendeinen Fehler im System, den die Servicetechniker immer noch nicht gefunden haben. Deshalb löst sie immer wieder aus, auch wenn eigentlich alles in Ordnung ist. Besonders ärgerlich ist, dass jedes Mal ein Notruf bei der Polizei eingeht, die dann sofort mit zwei Wagen und vier Mann anrückt. Diese Einsätze muss das Museum natürlich bezahlen und das geht ganz schön ins Geld. Es gab in den letzten drei Wochen bereits drei Fehlalarme. Es liegt also nahe, dass der Alarm auch heute wieder eine Fehlermeldung war. Allerdings habe ich bei der ganzen Sache ein merkwürdiges Gefühl. Ich kann es nicht genau erklären und ich muss zugeben, dass es eigentlich keinen richtigen Anhaltspunkt für meinen Verdacht gibt. Aber mir ist eine Person aufgefallen, die sich auffällig benommen hat: Karsten Stetter, Archäologie-Student und ein Freund von Felipe. Ich habe mich mit ihm unterhalten und wir standen eine Weile etwas von der Vitrine mit der Maske entfernt. Die anderen sind gleich nach der Ansprache wie der Blitz in Richtung Foyer verschwunden, weil es dort ein Gewinnspiel gab. Ich bin ihnen nach ein paar Minuten gefolgt, Karsten wollte noch mit dem Kurator sprechen und dann nachkommen. Als ich mich beim Eingang zum Saal kurz umgedreht habe, stand Karsten auf einmal ganz dicht bei der Vitrine. Er wirkte nervös. Ich habe nach den anderen Ausschau gehalten – und plötzlich ging der Alarm

los. Und als ich wieder kurz in den Saal gesehen habe, stand Karsten mehrere Meter weiter weg von der Vitrine. Es sah so aus, als wäre er schnell von der Grabkammer weggesprungen. Ich hatte sofort den Eindruck, dass er den Alarm aus Versehen ausgelöst hat, vielleicht war er einfach zu nahe dran.
Das hätte er aber doch sofort zugegeben und sich entschuldigt, oder? Aber vielleicht hatte er Angst, dass er dann die Kosten tragen muss. Wer weiß?
Es gibt aber noch eine Möglichkeit: Karsten wollte testen, wie nahe man an die Grabkammer herankommt, und hat den Alarm absichtlich ausgelöst.
Oder er wollte sogar die Totenmaske im Trubel der Ausstellungseröffnung entwenden???
Felipe war total entsetzt über meinen Verdacht. Er hat sofort gesagt, dass er für Karsten die Hand ins Feuer legt und dass der Student niemals den Alarm ausgelöst habe.
Franzi hat dann noch zu bedenken gegeben, dass es unlogisch wäre, wenn Karsten die Totenmaske hier im Museum klauen wollte. Dazu hätte er ja schon in Mexiko viele Möglichkeiten gehabt. Stimmt schon.
Trotzdem …
Also, was jetzt?
Leider bin ich auch durch das Aufschreiben nicht schlauer geworden. Ich höre jetzt fürs Erste auf.
Manchmal ist das Leben als Detektivin ganz schön knifflig.

PS: Eine verloren gegangene Kiste mit wertvollen Keramikteilen für die Ausstellung ist seit gestern wieder da. Auch hier haben wir also nichts mehr zu tun.

Am besten, wir machen den Detektivclub erst mal dicht.
Jetzt in den Ferien finde ich das in Ordnung.
Aber danach müssen die drei !!! wieder einen Fall in die Finger kriegen!!!

Geheimes Tagebuch von Kim Jülich
Donnerstag, 23:15 Uhr
Jeder, der gerade in meinem GEHEIMEN Tagebuch liest, ist so gut wie tot. Es sei denn, er trägt Handschuhe. Ich habe die Tastatur von meinem Laptop mit Gift präpariert; es wirkt in drei Minuten über die Haut und ruft absolute Qualen hervor. Also, zack, zack, Hände waschen – oder: Hasta la vista, Baby!
Eigentlich passt es gerade sehr gut, dass wir wohl keinen Fall haben. Michi ist soooo nett! Er ist heute Abend nach seiner Arbeit im Elektroladen mit einer Riesentüte vom Bio-Burgerladen hier vorbeigekommen und hat mich zu einem Picknick bei uns im Garten eingeladen. Er hatte sogar Decken und eine Laterne dabei. Wir haben es uns dann auf dem Rasen hinter dem Haus gemütlich gemacht. Ich habe einen doppelten Cheeseburger und Pommes gegessen, Michi hatte zwei Chili-Burger, ein Hühnchen-Wrap und Kartoffelspalten. Die große Tüte mit frittierten Zwiebelringen hat Pablo gefressen (was vielleicht auch besser so war, kusstechnisch gesehen sind Zwiebelringe ja eher ein No-Go, muss ich Michi irgendwann mal sagen). Auf jeden Fall hat sich der Hund wohl zur Terrasse rausgeschlichen und dann die Zwiebelringe geschnappt. Er war in der Dunkelheit gar nicht zu sehen. Wir haben nur irgendwann ein lautes Schmatzen gehört, das aus dem Gebüsch hinter uns kam. Ich fand das ziem-

lich unheimlich, habe dann aber meinen ganzen Mut zusammengenommen und nachgesehen. Da hatte Pablo die Tüte aber schon fast leer gefressen. Hoffentlich wird ihm nachher nicht schlecht. Das gibt sonst wieder Stress mit Mama.
Dieser Hund ist schon sehr süß, aber auch vollkommen verfressen. Mama meint, er wächst momentan mehr in die Breite als in die Höhe. Das kommt davon, dass die Zwillinge ihm ständig irgendwelche Sachen am Tisch zustecken. Überhaupt verziehen meine Brüder den Hund total. Mama ist schon völlig fertig, weil er dauernd etwas anstellt. Sie ist ja so schon total nervös, seit sie ihren neuen Job als Schulrektorin angetreten hat. Der Hund gibt ihr, glaube ich, bald den Rest. Ich werde mit Ben und Lukas reden. Sie müssen sich einfach besser um ihn kümmern. Es ist offiziell schließlich ihr Haustier. Aber jetzt sind sie ja erst mal im Fußball-Trainingslager, da muss ich in den sauren Apfel beißen und Hundesitter spielen.
Ich mach Schluss, morgen Mittag wollen Michi und ich eine Radtour machen, da muss ich fit sein. Und wieder sind wir nur zu zweit!!! Ich freu mich so!!! Ein Traum!!!

Schwarze Messe

Franzi riss die Augen auf und presste das Handy fester ans Ohr. »Wie bitte? Was hast du gesagt?« Sie setzte sich auf ihr Bett. »Kannst du das bitte noch mal wiederholen?«
»Die Maske der Königin ist gestohlen worden.« Felipes Stimme klang rau. »Es muss in der letzten Nacht passiert sein. Jemand ist ins Museum eingebrochen und hat die Totenmaske entwendet.«
»Das ist der Hammer!« Franzi schluckte. »Das kann nicht wahr sein. Das Stadtmuseum ist doch so gut abgesichert. Hat denn die Alarmanlage nicht angeschlagen?«
»Ich hab keine Ahnung«, antwortete Felipe. »Details kenne ich nicht. Ich war heute Morgen so geschockt von dem Anruf von Dr. Castañeda, dass ich vergessen habe weiter nachzufragen.« Er räusperte sich. »Ich weiß nur, dass die Polizei schon vor Ort ist.«
Franzi wuschelte sich durch die noch offenen Haare. »Ich rufe gleich Kim und Marie an. Wir werden uns um die Totenmaske kümmern!«
»Macht das bitte. Ich wäre sehr erleichtert, wenn ihr sie wiederfindet.« Felipe machte eine Pause. Er schien nach Worten zu suchen. »Sie gehört mir ja nicht, aber sie gehört dem mexikanischen Volk. Durch mich ist sie nach Deutschland gekommen – und jetzt wurde sie gestohlen. Ich fühle mich so schlecht! Alles ist meine Schuld. Dabei wollte ich doch nur, dass die Leute etwas von meiner Kultur sehen und …« Felipe brach den Satz ab und seufzte tief.

Franzi musste eine Träne wegblinzeln. Felipe klang so traurig. Dass ihr halbmexikanischer Freund starke Emotionen zeigen konnte, wusste sie. Meistens waren das aber Eifersuchts- oder Wutanfälle. So tieftraurig hatte sie Felipe noch nie erlebt.

Das Gefühl, ihm helfen zu wollen, wurde unendlich stark.

»Mi tesoro«, sagte Franzi, »mein Schatz! Ich garantiere dir, dass wir alles tun werden, um die Maske zu finden.« Sie spürte, wie ihr ganz feierlich zumute wurde. »Ich schwöre dir, dass wir die Totenmaske der Königin Xana zurückbringen werden – und den Schuft, der sie gestohlen hat, hinter Gitter!« Franzi bekam eine Gänsehaut, als sie sich so sprechen hörte. Sie fragte sich, ob sie vielleicht gerade etwas übertrieb. Was, wenn sie den Schwur nicht halten konnte und die drei !!! ausgerechnet bei diesem Fall versagen würden?

Diesen Zweifel vertrieb sie jedoch sofort aus ihrem Kopf. Sie hatten bislang jeden Fall gelöst. Sie würden auch dieses Verbrechen aufklären! Und als Felipe mit fester Stimme sagte: »Danke! Das werde ich dir nie vergessen«, brannte sie geradezu darauf, sofort mit den Ermittlungen loszulegen.

Sie verabschiedete sich von Felipe und versprach ihn sofort anzurufen, wenn es etwas Neues gab.

»Und vergiss nicht, morgen ist das große Fajita-Essen im *Yucatán*«, sagte Felipe. »Ich freu mich schon auf dich!« Seine Stimme klang jetzt schon viel fröhlicher.

Augenblicklich fühlte sich Franzi, als hätte sie einen kleinen Kolibri in der Brust, der heftig mit den Flügeln schlug.

»Und ich mich auf dich!«, flüsterte Franzi.

Zum Herzflattern gesellte sich das altbekannte Bauchkribbeln hinzu, das sie immer spürte, wenn die drei !!! einen neuen Fall hatten.
Franzi war voller Energie, als sie Kims Handynummer aufrief.
Ihre Freundin ging erst nach dem siebten Klingeln dran. »Was gibt's um diese Uhrzeit?!«, nuschelte sie schlaftrunken.
Franzi sah auf den Wecker auf ihrem Nachttisch. Es war kurz vor neun Uhr. So früh fand sie das selbst für einen Feiertag eigentlich nicht. Bestimmt hatte Kim mal wieder die halbe Nacht an einem ihrer Texte für den nächsten Vorlesewettbewerb geschrieben und war total spät ins Bett gegangen.
»Kim, halt dich fest: Wir haben einen neuen Fall!«
»Aha.«
»Komm schon, Kim, aufwachen!« Franzi klemmte sich das Handy zwischen Schulter und Wange und lief zum Kleiderschrank.
»Du wirst gebraucht!« Sie stieg in ein Paar Jeans und suchte nach einem T-Shirt. »Im Museum ist eingebrochen worden!«
»Eingebrochen?! Ist etwas gestohlen worden?« Kims Stimme klang schon etwas munterer.
»Die Maske der Königin ist weg.« Franzi stieg in ihre Sneakers.
»Das ist der Hammer!« Jetzt war Kim offensichtlich hellwach.
»Meine Worte.« Franzi grinste.
Kim seufzte. »Ich hab doch gesagt, irgendwas ist komisch an dem Museum.«

»Wir werden schon sehen, was los ist. Also, gibst du gleich Marie Bescheid? Dann treffen wir uns in einer Dreiviertelstunde beim Stadtmuseum.«

»Ja!«, rief Kim und schob sofort ein »Mist!« hinterher.

»Was ist?«, fragte Franzi erstaunt.

»Ich bin heute mit Michi verabredet. Wir wollten eine Fahrradtour machen.« Kim seufzte. »Ich hatte mich so gefreut. Jetzt muss ich ihm absagen.«

»Vielleicht könnt ihr wenigstens eine kleine Tour am Nachmittag machen, nachdem wir den Tatort besichtigt haben«, schlug Franzi vor.

»Stimmt«, antwortete Kim. »Das ist eine gute Idee.«

»Bis gleich!« Franzi warf das Handy in ihren Rucksack und zog sich Shirt und Pulli über. Nach einer Katzenwäsche im Bad stürmte sie in die Küche.

Ihr Vater wünschte ihr lächelnd einen guten Morgen. Er war gerade dabei, seine Arzttasche zu packen. »Hast du Lust, bei einer Fohlengeburt dabei zu sein? Der Reiterhof *Sonnenschein* hat mich gerade angerufen. Bei Pippa ist es so weit.«

Franzi seufzte. Da wäre sie sehr gerne dabei gewesen. Sie liebte Tiere, besonders Pferde. Sie besaß sogar selbst ein Pony, das im großen Stall hinter dem Bauernhaus ihrer Familie untergebracht war. Franzi fand es toll, dass ihr Vater Tierarzt war, und wann immer sie ihm helfen durfte, war sie mit Feuereifer dabei. Aber heute schüttelte sie den Kopf und sagte: »Ich muss dringend weg. Kim und Marie warten auf mich.«

»Soso«, sagte ihr Vater und lächelte. »Wieder mal eine dringende Clubsitzung, was?«

Franzi nickte. »Ja, ähm, genau.«

Die Eltern der drei !!! wussten, dass die Mädchen einen Detektivclub gegründet hatten und sich häufig zu Sitzungen im Pferdeschuppen bei Winklers trafen. Aber was Kim, Franzi und Marie genau taten, war ihnen nicht wirklich klar. Das war auch besser so. Wenn die Erwachsenen geahnt hätten, in welche gefährlichen Situationen sich ihre Töchter bei den Ermittlungen zum Teil wagten, hätten sie den Club wahrscheinlich schon längst verboten.
Herr Winkler zog sich seine Windjacke über. »Ihr seid ja früh dran, dafür, dass Ferien sind. Deine Großmutter und deine Schwester Chrissie könnten sich ein Beispiel an euch nehmen, die schlafen noch wie die Murmeltiere.«
Er wuschelte Franzi durch die Haare, gab seiner Frau einen Kuss und verließ das Haus.
Frau Winkler stellte einen Korb mit Brötchen auf den Tisch und umarmte Franzi. »Guten Morgen, mein Schatz! Komm, setz dich wenigstens zehn Minuten zu mir und iss eine Kleinigkeit. So viel Zeit muss noch sein.«
Franzi setzte sich widerwillig auf die Eckbank. Aus alter Erfahrung wusste sie, dass sie noch viel mehr Zeit vertrödeln würde, wenn sie jetzt mit ihrer Mutter über den Sinn des Frühstückens diskutierte. Also schnappte sie sich eine Banane aus dem Obstkorb und goss sich eine Tasse Milch ein.
»Nimm doch ein Brötchen«, forderte Frau Winkler sie auf. »Die habe ich frisch gebacken.«
Franzi biss ein riesengroßes Stück von der Banane ab und kaute hastig. Sie spülte mit Milch nach. »Danke, Mama, aber ich mag lieber frisches Obst.« In Gedanken fügte sie hinzu: *Weil man es nicht in endloser Zeitverschwendung aufschneiden,*

bestreichen und belegen muss und dabei einen Teller dreckig macht, den man anschließend in die Spülmaschine stellen muss, sondern das Zeug einfach wegputzt und dann seine Ruhe hat. Sie lächelte ihre Mutter an und stopfte sich das letzte Stück in den Mund.

Frau Winkler schüttelte den Kopf. »Wenn man es so runterschlingt, ist selbst Obst nicht gesund.«

Franzi tat, als hätte sie nichts gehört. Sie trank ihre Milch aus und beförderte die Bananenschale mit einem geübten Wurf quer durch den Raum in die Kompostkiste unter dem Fenster. »So, fertig. Ich muss los.« Sie gab ihrer Mutter einen Kuss und stürmte aus der Küche.

Franzi fuhr wie der Teufel, um rechtzeitig am Museum anzukommen. Schon aus einiger Entfernung sah sie, dass Kim und Marie bereits bei den Fahrradständern am Seiteneingang des Museums warteten. Sie radelte hin, bremste und sprang ab.

Ihre Freundinnen begrüßten sie mit unternehmungslustig blitzenden Augen.

»Alles klar!« Kim hielt den kleinen Tatortkoffer hoch, den sie für Außeneinsätze zusammengestellt hatten. Er enthielt ein Fingerabdruckset und Gipspulver für die Spurensicherung, Taschenlampen, Seile und weitere nützliche Utensilien, die an einem Tatort gebraucht wurden.

»Perfekt«, sagte Franzi noch etwas atemlos.

»Dann kann es ja losgehen«, meinte Marie. »Das war vielleicht eine Überraschung, als du mich vorhin angerufen hast, Kim. Ich kann es kaum glauben: Wir haben einen neuen

Fall!« Sie zupfte an ihrem Pferdeschwanz. »Ich hatte zwar keine Zeit mehr, mir die Haare zu waschen und mich zu stylen. Aber was opfert man nicht alles für die erfolgreiche Detektivarbeit.«

Während sie in Richtung des Eingangs liefen, betrachtete Franzi Maries seidig glänzendes Haar, das zu einem perfekten Zopf zusammengefasst war. Die silberne Haarspange passte genau zu der langen silbernen Halskette und den Turnschuhen mit silbernen Streifen. Dazu hatte sie pinkfarbene Skinny-Jeans, eine weiße Bluse und eine schwarze Bikerjacke kombiniert. Sie sah aus wie aus dem Modekatalog entsprungen. Wahrscheinlich konnte man Marie mitten aus dem Tiefschlaf holen, sie würde trotzdem blind die ideale Kombination aus ihrem riesigen Schrank ziehen, um damit einen Modelcontest zu gewinnen.

Bei der Vorstellung musste Franzi grinsen. Aber sie verkniff sich ausnahmsweise eine Bemerkung. Sie hatten jetzt wirklich keine Zeit für Sticheleien.

Der Haupteingang des Museums war mit einem rot-weißen Band abgesperrt. Zwei Polizisten standen davor.

Kim zog die Stirn in Falten. »Was ist das?«

»Das ist ein abgesperrter Tatort«, sagte Marie ungerührt.

»Ja, das sehe ich«, murmelte Kim. »Ich hatte nur nicht damit gerechnet, dass man gar nicht ins Museum hineinkommt.«

»Wir versuchen es einfach«, sagte Marie. »Schließlich haben wir Kommissar Peters schon oft geholfen. Er wird auch dieses Mal unsere Hilfe zu schätzen wissen.« Sie setzte ein bezauberndes Lächeln auf und ging seitlich am Absperrband auf einen der Polizisten zu.

Kim und Franzi folgten ihr etwas unsicher. Kommissar Peters war tatsächlich ein guter Bekannter der drei !!! und sie hatten bei vielen Fällen erfolgreich mit ihm zusammengearbeitet. Trotzdem warnte er sie jedes Mal davor, sich in Gefahr zu begeben, und hatte auch schon einige Male ein ernstes Wörtchen mit ihnen geredet.

Franzi erinnerte sich mit einem unguten Gefühl an die letzte Standpauke, die sie vom Kommissar bekommen hatten.

»Guten Tag!«, sagte Marie freundlich zu einem der Polizisten. Der Mann, der ziemlich jung wirkte, sah Marie ernst an.

»Guten Tag. Was kann ich für dich tun?«

»Wir wollen Kommissar Peters unterstützen. Er ist doch sicher schon hier und betreibt Spurensicherung. Uns ist es ein großes Anliegen, dass die Maske der Königin wiedergefunden wird.« Marie beugte sich vor. »Wir sind nämlich eng befreundet mit einem Mitarbeiter des mexikanischen Museums, aus dem die Leihgabe stammt.«

Der junge Polizist wechselte einen irritierten Blick mit seinem Kollegen. »Ja, also …«, fing er an.

»Junge Dame«, setzte der etwas ältere Kollege fort, »es ist sehr löblich, dass ihr euch für die Polizeiarbeit interessiert. Wirklich, ausgesprochen löblich. Aber eure Hilfe wird hier nicht gebraucht. Glaubt mir, Kommissar Peters und sein Einsatzteam haben alles im Griff.« Er setzte ein gewinnendes Lächeln auf. »Geht am besten eine schöne heiße Schokolade trinken oder sucht Ostereier. Vielleicht hat der Osterhase ja heute schon etwas versteckt?«

Maries Augen verdunkelten sich. »Sie nehmen uns nicht ernst.«

»Aber natürlich …«

»Da kommen Kommissar Peters und Dr. Mahler«, rief Franzi dazwischen.

Die beiden Männer hatten scheinbar den Hinterausgang benutzt. Sie blieben bei den Fahrradständern stehen und der Kurator zündete sich eine Zigarette an. Er sprach aufgeregt auf den Kommissar ein.

Die drei !!! wechselten einen Blick. Dann liefen sie zu den beiden Männern hin.

»Kommissar Peters, Dr. Mahler!«, rief Kim. »Wir haben von dem Museumsraub erfahren und sind gleich gekommen. Haben Sie schon Erkenntnisse?« Sie wedelte etwas Zigarettenrauch beiseite. »Ist außer der Totenmaske noch etwas gestohlen worden?«

Kommissar Peters zog die Augenbraue hoch. »Hoppla, immer langsam, eins nach dem anderen.« Er begrüßte die Mädchen mit Handschlag. »Die drei Detektivinnen – immer da, wenn etwas passiert ist.«

Der Kurator sah Kim, Franzi und Marie erstaunt an und nickte ihnen kurz zu. Dann richtete er einen fragenden Blick an den Kommissar. »Diese Mädchen sind … *Detektivinnen*?«

Bevor der Kommissar antworten konnte, klingelte sein Handy. Er zog es aus der Brusttasche seines Parkas. »Einen Moment bitte.« Peters ging einige Schritte zur Seite und meldete sich.

»Wir sind schon seit einiger Zeit in der Verbrechensbekämpfung aktiv«, fing Marie an dem Kurator zu erklären. »Kommissar Peters ist ein guter …«

»Ihr müsst uns entschuldigen«, unterbrach Peters Marie mitten im Satz. »Wir werden drinnen gebraucht. Kommen Sie bitte mit, Dr. Mahler? Wir nehmen den Haupteingang.« Mit großen Schritten entfernte sich der Kommissar.
Der Kurator warf seine Zigarette auf den Boden und trat sie aus. Ohne sich von den drei !!! zu verabschieden, eilte er Peters hinterher.
Die drei Mädchen sahen sich fassungslos an. Marie blieb der Mund offen stehen.
»Was war denn das?«, brachte Franzi schließlich heraus.
Kim zuckte mit den Schultern. »Irgendwie hat der Kommissar heute keine Zeit für uns.«
»Das war unverschämt!« Marie warf ihren blonden Pferdeschwanz über die Schulter. »Wie kann er uns einfach so stehen lassen?« Sie kickte den am Boden liegenden Zigarettenstummel zur Seite und rümpfte die Nase. »Und das stinkt wie nasser Hund.«
Kim schüttelte den Kopf. »Du hast Pablo noch nicht gerochen, wenn wir im Regen Gassi gehen waren.«
»Echt so schlimm?«
Kim nickte vielsagend.
»Was ist bloß mit dem Kommissar los?«, fragte Marie schließlich.
»Das würde ich auch gerne wissen«, sagte Franzi. »Vielleicht hat er einfach nur schlechte Laune.«
»Oder er wollte vor dem Kurator nicht zugeben, dass er schon oft von uns profitiert hat«, gab Kim zu bedenken.
Marie lief in der Zwischenzeit zur Tür des Seiteneingangs und rüttelte daran. »Mist, die ist zu. Und es gibt ein Code-

Schloss. Es wäre ja auch zu schön gewesen.« Sie stemmte die Arme in die Seiten. »Was machen wir jetzt?«
»Heute haben wir wohl keine Chance mehr, die Ermittlungen vor Ort aufzunehmen.« Kim sah auf ihr Handy. »Ich schlage vor, dass wir eine außerordentliche Clubsitzung im Pferdeschuppen abhalten und klären, wie wir weiter vorgehen.«
Marie und Franzi waren sofort einverstanden.

Eine halbe Stunde später erreichten die drei Detektivinnen die Einfahrt zum Bauernhaus der Winklers. Sie schoben die Räder links am Vorgarten vorbei und winkten Oma Lotti zu, die auf der Bank vor dem Haus saß und in die Sonne blinzelte. Die alte Dame winkte lächelnd zurück.
»Oma Lotti sieht aber glücklich aus«, stellte Kim fest, während sie ihr Rad an den Pferdeschuppen lehnte. »Vermisst sie ihr Haus denn immer noch so?«
Franzi kramte nach ihrem Schlüssel. Sie schüttelte den Kopf. »Ich glaube, sie fühlt sich mittlerweile sehr wohl bei uns. Besonders, seit wir ein paar der Rosen und andere Pflanzen aus dem alten Garten in Billershausen hier haben.« Franzi schloss den Schuppen auf. »Ich habe auch die Krokusse ausgegraben und im Vorgarten eingepflanzt. Das sind Omis Lieblingsblumen. Sie sieht jeden Tag nach, ob sie schon blühen.«
»Das ist ja süß«, sagte Kim. »Finde ich total nett von dir, dass du das gemacht hast.«
Franzi lächelte. »Meine Oma ist ja auch immer nett zu mir.« Sie zog die schwere Schuppentür auf und trat ein. »Wenn die

Krokusse endlich blühen, wird sie vor lauter Freude bestimmt wieder ganz gesund!«
»Das wird sie«, sagte Marie.
»Ganz bestimmt!« Kim nickte heftig.

Franzi holte Gläser, eine Flasche Limo und eine Keksdose aus dem Regal und stellte alles auf dem kleinen runden Tisch daneben ab.
Kim sah sich mit zufriedenem Gesicht um. »Unser Detektivbüro sieht klasse aus.«
Die drei !!! hatten den alten Pferdeschuppen bei Winklers schon vor langer Zeit in mühevoller Kleinarbeit entrümpelt, frisch gestrichen und mit Tisch, Stühlen, Regalen und Rollcontainer eingerichtet. Der Container enthielt ihre reichhaltige Sammlung von Detektivutensilien und sogar eine versteckte Schublade, in der sie wichtige Unterlagen aufbewahren konnten. Außerdem stand in einer Ecke eine alte Pferdekutsche mit Verdeck, in die sich die Detektivinnen für besonders geheime Besprechungen zurückzogen.
Kim strich über das Glas eines der Fenster und sah auf ihre staubigen Fingerspitzen. »Aber wir könnten mal wieder sauber machen.«
Franzi zuckte mit den Schultern. »Meinst du?« Sie wischte ein paar Krümel von der Tischplatte und klopfte das bunte Sitzkissen auf ihrem Stuhl aus. Eine Staubwolke stieg auf. »Wir haben doch erst geputzt«, sagte sie und hustete leicht.
»Stimmt«, antwortete Kim grinsend. »Vor einem halben Jahr.«
Marie öffnete die Flasche und goss Limo ein. »Leute, was ist

das für ein langweiliges Thema? *Putzen*. Wir haben einen neuen Fall! Bei dem müssen wir vorankommen. Wir haben Besseres zu tun, als Staub zu wischen.«

Kim nickte. »Stimmt. Sollen die Spinnen sich wohlfühlen bei uns.« Sie betrachtete interessiert einen Punkt an der Holzwand oberhalb von Maries Kopf. »Die zum Beispiel ist ja riesig. Ob das eine Kreuzspinne ist?«

Marie stieß einen Schrei aus und sprang auf. Ihr Stuhl krachte zu Boden. Sie hüpfte wild zuckend durch den Raum. Mit einem Ruck zog sie ihre Jacke aus und fuchtelte mit den Händen in ihrem Haar. »Wo ist sie? Sitzt sie auf mir? Wo?«

Kim beugte sich näher zur Wand und kniff die Augen zusammen. »Ach, das ist ja bloß ein Astloch.«

Franzi und Kim brachen in schallendes Gelächter aus.

»Sehr witzig.« Marie sah Kim böse an. »Warte nur!« Schließlich musste sie aber selbst über sich lachen. Sie hob ihre Jacke und den Stuhl auf und setzte sich wieder.

Franzi nahm einen Keks aus der Dose und biss hinein. »Können wir dann loslegen?«, nuschelte sie.

Marie löste die Spange aus ihrem verrutschten Pferdeschwanz und kämmte ihre Haare notdürftig mit den Fingern durch. »Klar! Also, wie gehen wir im Fall der gestohlenen Maske nun vor?«

Detektivtagebuch von Kim Jülich

Freitag, 23:30 Uhr

So schnell kann es gehen: Der Detektivclub ist wieder geöffnet!!! Eine sehr wertvolle Totenmaske ist aus der Ausstellung Gräber der Maya *im Stadtmuseum gestohlen worden. Und wir werden*

das wertvolle Objekt wiederbeschaffen und den oder die Täter schnappen! Das haben wir Felipe fest versprochen!
Kommissar Peters ist auch an dem Fall dran. Dieses Mal scheint er leider wenig Interesse an unserer Hilfe zu haben. Jedenfalls war er heute sehr abweisend. Das lassen wir uns natürlich nicht gefallen! Wenn er *nicht mit* uns *reden will, dann reden* wir *eben auch nicht mit* ihm. *Es gibt schließlich noch andere Leute, die uns interessante Auskünfte geben können:*

1. *Dr. Bramlage. Wir kennen ihn von einem früheren Fall her gut und er ist mittlerweile Direktor des Museums. Wir werden ihn morgen besuchen und befragen. Hoffentlich erzählt er uns, welche Spuren die Polizei gefunden hat / wie der Diebstahl genau passiert ist.*
2. *Timo Bach und Thomas Schneider. Die beiden Museumsaufseher haben wir schon am Donnerstag im Museum kennengelernt. Sie haben den Diebstahl heute am frühen Morgen bemerkt und gemeldet. Beide werden wir ebenfalls in den nächsten Tagen befragen, ob ihnen etwas aufgefallen ist.*

Über die Verdächtigen konnten wir uns nicht richtig einigen, deshalb führe ich alle beide auf:

1. *Karsten Stetter. Das ist der Archäologie-Student, für den Felipe die Hand ins Feuer legt. Auch Franzi und Marie halten meinen Verdacht für übertrieben. Ich bin trotzdem dafür, dass wir Karsten im Auge behalten. Ich fand sein Verhalten am Donnerstag einfach viel zu auffällig. Vorhin habe ich seinen Namen gegoogelt und ein Blog gefunden, das »Der Karsten gräbt« heißt. Ziemlich interessante Seite, ich muss*

morgen früh da noch mal draufgehen und die Infos auswerten, vorhin bin ich leider unterbrochen worden (dazu aber mehr in meinem geheimen Tagebuch).

2. *Dr. Felix Mahler. Das ist der neue Kurator. Marie findet ihn verdächtig, was ich wiederum für übertrieben halte. Sie findet ihn doch nur suspekt, weil er raucht und in vielen Krimis die Bösewichte Raucher sind. Das ist mir aber zu einfach. Allerdings war er ziemlich unfreundlich und nervös, und das kann natürlich darauf hindeuten, dass er irgendetwas zu verbergen hat. Sicher ist sicher, wir werden ihn ebenfalls im Auge behalten.*

Morgen werden wir erst mal Dr. Bramlage im Museum besuchen, um allgemeine Informationen zu erhalten. Ich habe ihn vorhin angerufen. Er erwartet uns um 10:30 Uhr.

Geheimes Tagebuch von Kim Jülich
Freitag, 23:30 Uhr
Hallo, heimliche Mitleser. Ihr lebt immer noch? Gut, das mit dem Gift war ein kleiner Scherz. Aber seid ihr wirklich so dreist und lest jetzt weiter?! Fühlt euch nicht zu sicher. Ich habe noch sehr viele Ideen zur Spionageabwehr.
Ich habe vorhin mal wieder Stress mit Mama gehabt. Sie ist einfach in mein Zimmer gekommen, was ich überhaupt nicht leiden kann, und ist mitten in meine Recherche für unseren Fall geplatzt. Sie hat darüber gemeckert, dass ich um die Uhrzeit noch im Netz bin, und als sie auf den Bildschirm gesehen hat, ist sie komplett ausgeflippt. Ich muss zugeben, dass eine Nahaufnahme von einem Totenschädel ziemlich gruselig wirkt, beson-

ders, wenn man nicht mit dem Anblick gerechnet hat. Aber so sieht es nun mal in einem uralten Maya-Grab aus. Da muss man doch nicht gleich laut loskreischen, sodass die Nachbarn anrufen und fragen, ob sie die Polizei holen sollen. Peinlich, Mama!

Es hat mich eine halbe Stunde gekostet, meine Mutter davon zu überzeugen, dass ich keine schwarze Messe feiern will und auch keiner Sekte mit Totenkult beigetreten bin, sondern einfach ein Blog mit Bildern von einer Ausgrabungsstätte in Mexiko angesehen habe. Ist das denn so abartig?!

Ich bin dann auch ziemlich ausgeflippt. Was denkt meine Mutter eigentlich von mir? Ich meine, wo ist denn das Vertrauen in mich?

Sie hat sich schließlich entschuldigt und zugegeben, dass sie wohl überreagiert hat. Na ja.

Eltern können echt nerven. Besonders schlimm sind Eltern, die Lehrer sind. Und ganz schlimm sind die Eltern, die Lehrer sind und gerade Schulrektorin geworden sind. **Ja, Mama, falls du hier mitliest – DU bist gemeint!!**

Ich werde gleich morgen früh meine Recherche fortsetzen, jetzt bin ich zu müde.

Aber zum Schluss noch was sehr Schönes: Mit Michi läuft es gerade super. Er hat mich heute nach der Clubsitzung bei Franzi abgeholt und wir haben eine wunderschöne Fahrradtour in Richtung Dreibachtal bei Billershausen gemacht. Leider sind wir nicht ganz bis ins Naturschutzgebiet gekommen. Es gab da nämlich dieses kleine Eiscafé in dem einen Dorf… Wir wollten uns nur eine winzig kleine Waffel gönnen. Aber als wir die tollen Bilder von den verschiedenen Eiskreationen gesehen ha-

ben, mussten wir unbedingt einen Freundschaftsbecher bestellen. Also haben wir uns ins Café gesetzt und uns diese wahnsinnig große Schale voller Eis, Früchte und Sahne mit Schokosoße geteilt. Darüber haben wir vollkommen die Zeit vergessen. Wir mussten dann in einem unglaublichen Tempo zurückrasen, sonst hätte ich es gar nicht mehr bis zum Abendessen zu Hause geschafft. Sehr schade, dass Michi und ich heute nicht mehr Zeit hatten. (Außerdem hätte ich heute wirklich kein Abendessen mehr gebraucht, so ein Freundschaftsbecher macht ganz schön satt ;-))

Aber morgen sehe ich Michi ja gleich wieder! Felipes Mutter veranstaltet ein großes Willkommens-Essen in ihrem Restaurant im Freizeitpark. Sie hat die Familie und alle Freunde eingeladen. Das wird richtig lustig!

Und vielleicht bekommen Michi und ich den Schlüssel für das alte Springpferdkarussell!

Xanas Fluch

»Karsten hat Fotos von den Kakaobechern aus dem Grab der Königin auf seine Homepage gestellt«, sagte Kim. »Ich bin heute Morgen auf der Seite gewesen.«

Franzi schüttelte den Kopf. »Und deswegen verdächtigst du ihn die Maske gestohlen zu haben?«

»Ja … nein.« Kim zuckte mit den Schultern. »Nicht genau deswegen. Oder doch. Ich weiß nicht.«

Franzi rutschte auf dem Fahrradständer herum und suchte eine bequemere Stelle. Sie runzelte die Stirn. »Kannst du das etwas genauer sagen?«

»Ich habe das Gefühl, dass Karsten total besessen von dem Museum und den Ausgrabungen in Mexiko ist. Er hat alle Ausstellungsstücke ganz genau beschrieben.« Kim biss sich auf die Lippe. »Besonders viel Information hat er über die Maske der Königin zusammengetragen. Ich finde das irgendwie seltsam.«

»Ich finde es gar nicht so unnormal, dass jemand, der Archäologie studiert, begeistert von seinem Praktikum berichtet und dabei ins Detail geht.« Franzi machte ein paar Dehnübungen.

Kim sah nachdenklich drein.

»Da kommt Marie!«, rief Franzi plötzlich. »Das wurde ja auch mal Zeit. Sie ist schon wieder eine Viertelstunde zu spät dran.«

»Tut mir leid«, sagte Marie, nachdem sie eine Vollbremsung vor dem Fahrradständer hingelegt hatte. Sie atmete ein paarmal tief durch und stieg vom Rad. »Wir mussten Justus retten.«

Kim und Franzi sahen Marie erstaunt an. »*Justus?*«, fragte Kim.

»Ja. Lina hat seit letzter Woche drei Goldfische. Einer davon ist heute Morgen aus dem Aquarium gesprungen.« Marie seufzte. »Sie hatte vergessen die Abdeckung wieder draufzutun, nachdem sie die Fische gefüttert hatte. Justus, der dickste, ist dann wohl rausgehüpft.«

»Ich wusste gar nicht, dass Goldfische so etwas machen«, sagte Kim.

Franzi stand auf. »Leider passiert das öfter. In der Praxis von meinem Vater sitzen immer wieder Leute, die einen total benommenen Fisch im Glas dabeihaben. Einer hat mal über drei Stunden hinter einer Kommode gelegen, bis ihn seine Besitzerin gefunden hat. Er hat tatsächlich überlebt.«

Marie nickte. »Zum Glück haben wir Justus ziemlich schnell entdeckt. Besser gesagt: Mein kleiner Bruder, der auf seiner Kuscheldecke auf dem Boden lag, hat ihn in die Finger bekommen. Wir konnten Finn gerade noch davon abhalten, ihn sich in den Mund zu stecken. Igitt.« Marie schüttelte sich. »Aber jetzt schwimmt Justus wieder ganz munter durchs Wasser.« Dann machte sie ein nachdenkliches Gesicht. »Irgendwie erinnert mich das Ganze an etwas. Wenn ich nur wüsste …«

Franzi tippte energisch auf ihre Uhr. »Leute, es ist bald halb elf, Dr. Bramlage wartet!« Sie lief auf den Museumseingang zu. »Kommt schon!«

Marie schloss schnell ihr Fahrrad ab und folgte Franzi zusammen mit Kim.

Nachdem sie Schülerkarten an der Kasse gelöst hatten, machten sie sich zielstrebig auf den Weg zum Büro des Museumsdirektors. Es lag im zweiten Stockwerk.
Franzi stürmte vor und nahm gleich zwei Stufen der breiten Marmortreppe auf einmal. »Ich bin gespannt, ob Dr. Bramlage uns weiterhelfen kann«, sagte sie.
Kim hetzte hinterher. »Musst du so rennen?«, presste sie hervor. »Der Direktor läuft uns doch nicht davon!«
Marie zog kopfschüttelnd an Kim vorbei.
Zusammen mit Franzi wartete sie grinsend auf dem obersten Treppenabsatz. »Ein bisschen Training zwischendurch schadet auch dir nicht«, sagte Franzi, als Kim bei ihnen ankam.
Ihre Freundin musste erst ein paarmal tief durchatmen, bevor sie sprechen konnte. »Ja, aber das muss doch nicht gerade vor der Befragung eines Informanten sein«, sagte sie schließlich. Kim stützte die Hände in die Seiten und verzog das Gesicht. »Also echt. Jetzt habe ich Seitenstechen.«
Franzi lachte. Sie wusste, dass Sport nicht gerade zu den Hobbys ihrer Freundin gehörte. Kim las einfach lieber einen guten Kriminalroman, schrieb selbst Geschichten oder bastelte an ihrem Computer herum. Immerhin machte sie in der letzten Zeit häufiger ausgedehnte Radtouren mit ihrem Freund Michi.
»Immer schön ausatmen. Das Einatmen kommt von allein«, sagte Franzi. Sie legte den Arm um Kims Schulter. »Geht es wieder?«
»Schon gut.« Kim nickte. »So schlimm ist es nun auch wieder nicht. Ich bin ja keine Oma.«
Franzi und Marie grinsten.

Die Tür zum Büro des Museumsdirektors stand einen Spalt offen. Franzi hob den Arm, um anzuklopfen. In diesem Moment erklang die verärgerte Stimme von Dr. Bramlage: »Es kann doch nicht sein, dass nur *Sie* an die Dateien herankommen! Und nein: Es reicht nicht, wenn Sie am Dienstag zurückkommen! Die Polizei braucht … Hallo? Sind Sie noch dran? Hallo?!« Es folgte Schweigen und schließlich das laute Geräusch eines Telefonhörers, der unsanft aufgelegt wurde.
Die drei Detektivinnen wechselten einen alarmierten Blick.
Franzi klopfte an.
»Ja?«
Franzi streckte vorsichtig den Kopf durch den Türspalt.
Dr. Bramlage saß mit geröteten Wangen hinter einem riesigen Schreibtisch, auf dem sich jede Menge Ordner und Papiere stapelten. Er fuhr sich durch das spärliche graue Haar. Auf seiner Stirn stand eine steile Falte. Als er Franzi sah, begann er jedoch zu lächeln. Er schob seine runde Brille hoch, die bis auf die Nasenspitze runtergerutscht war. »Ihr seid es – ist es schon so spät?« Dr. Bramlage zog eine goldene Taschenuhr aus dem Jackett und klappte sie auf. »Tatsächlich. Herzlich willkommen! Wir haben uns ja schon lange nicht mehr gesehen!« Er ließ die Uhr wieder in die Brusttasche zurückgleiten und deutete auf drei Stühle, die am Schreibtisch standen. »Bitte, setzt euch. Kim, du sagtest mir, dass ihr mich wegen des Diebstahls sprechen möchtet. Was kann ich für euch tun? Was möchtet ihr wissen?«
Kim nahm Platz und räusperte sich. »Vielen Dank noch mal, dass Sie so schnell Zeit für uns hatten.«
Der Museumsdirektor nickte. »Gerne doch.«

Franzi rutschte auf ihrem Stuhl herum. Bevor Kim weitersprechen konnte, platzte sie heraus: »Haben Sie Ärger mit jemandem? Welche Dateien benötigen Sie denn so schnell? Hat es etwas mit der gestohlenen Maske zu tun?«
Kim verdrehte die Augen.
Franzi biss sich auf die Lippe. Manchmal war sie viel zu spontan und konnte einfach nicht abwarten.
Dr. Bramlage hob eine Augenbraue. »Habt ihr etwa an der Tür gelauscht?«
Franzi schüttelte heftig den Kopf. »Nein, ganz bestimmt nicht! Sie haben nur so laut gesprochen, dass wir gar nicht weghören konnten.«
Der Museumsdirektor lehnte sich in seinem Sessel zurück und verschränkte die Arme. »Soso.« Seine Mundwinkel zuckten nach oben. »Ihr seid eben echte Detektivinnen, euch entgeht einfach nichts.«
»Das stimmt allerdings«, antwortete Kim und lächelte zufrieden. »Uns entgeht nichts und wir kombinieren grundsätzlich haarscharf.« Sie beugte sich vor. »Ich nehme an, Sie haben vorhin am Telefon über die Dateien der Aufzeichnungen der sogenannten *intelligenten Netzwerkkameras* im Museum gesprochen, die Teil der neuen digitalen Alarmanlage sind.«
Dr. Bramlage sah Kim erstaunt an. »Respekt. Das ist richtig.«
Kim fuhr fort: »Die Polizei benötigt die Aufzeichnungen natürlich schnellstmöglich, um sie für die Ermittlungen im Fall der gestohlenen Maske der Königin auszuwerten. Aber derjenige, der für die Anlage verantwortlich ist, ist gerade nicht da – aus welchem Grund auch immer.«
Der Direktor nickte langsam. »So ähnlich ist es. Wir kom-

men nicht an die gespeicherten Bilder heran, weil der Ordner Fingerprint-gesichert ist. Und zwar mit dem Abdruck des Zeigefingers von Dr. Mahler, unserem neuen Kurator.« Dr. Bramlage seufzte. »Er ist Freitagvormittag, noch während Kommissar Peters hier war, abgereist. Er verbringt die Feiertage bei seiner Familie und ist nicht bereit früher zurückzukommen. Eine Unverschämtheit! Jetzt müssen wir bis Dienstag warten, um an die Aufzeichnungen heranzukommen!«

Kim hatte bereits ihr Detektivbuch auf den Knien liegen und machte eine kurze Notiz. »Das mit Dr. Mahler ist sehr interessant«, murmelte sie. »Uns würde aber auch noch interessieren, ob im Saal mit der Grabkammer Spuren gefunden worden sind, gibt es Fingerabdrücke, hat die Polizei bereits einen Verdächtigen …? Erzählen Sie uns bitte einfach alles, was Sie wissen.«

Der Direktor nickte und nahm seine Brille ab. Während er anfing sie zu putzen, sah er Kim aus übermüdeten Augen an. »Es ist eine Katastrophe, dass ausgerechnet dieses wertvolle Exponat hier in Deutschland gestohlen wurde. Ich hoffe sehr, dass ihr etwas dazu beitragen könnt, dass der Täter gefasst wird und die Maske wieder auftaucht. Die Polizei ist ja dran – aber ich denke, sie kann jede Unterstützung gebrauchen.«

»Das glauben wir auch«, sagte Kim.

Die drei !!! tauschten einen unauffälligen Blick. Franzi fragte sich insgeheim, ob Kommissar Peters wohl der gleichen Meinung war.

Dr. Bramlage setzte die Brille wieder auf. »Also, wo fange ich an …«

Als die drei !!! zwei Stunden später im Bus nach Billershausen saßen, waren vier Seiten des Detektivtagebuchs mit Kims winziger Handschrift dicht beschrieben. Zufrieden strich sie darüber. »Wir können froh sein, dass Dr. Bramlage so viel Vertrauen zu uns hat und alle Details erzählt hat.«
Marie zog das Haargummi von ihrem Pferdeschwanz und schüttelte ihre Haare. »Allerdings.« Sie kramte nach der Bürste in ihrem Matchbeutel. »Dass der automatische Notruf an die Polizei in der Tatnacht nicht funktioniert hat, ist der absolute Hammer!«
Franzi nickte heftig. »Ich bin sehr gespannt, was da noch rauskommt. Ob es wirklich ein Fehler im System ist, oder ob …«
»Du meinst, jemand hat die Alarmanlage absichtlich ausgestellt?«, unterbrach Marie Franzi aufgeregt. Sie bürstete ihr Haar mit schnellen Strichen aus.
»Klar«, sagte Franzi. »Das ist doch gut möglich.«
»Absolut.« Kim nickte langsam. »Wir müssen unbedingt den Kurator im Auge behalten!«
»Was ist das für ein Geräusch?«, fragte Marie plötzlich und runzelte die Stirn.
Kim verzog das Gesicht. »Das ist mein Magen. Ich hab Hunger wie ein Wolf!«
Marie lachte. »Das trifft sich ja gut. Zum Glück bekommst du gleich die weltbesten Fajitas serviert. Halt durch, Kim, in einer halben Stunde hast du es geschafft.« Sie steckte die Haarbürste zurück in ihre Tasche.
Augenblicklich begannen Franzis Augen zu leuchten. »Das Essen ist mir, ehrlich gesagt, nicht so wichtig. Aber auf mei-

nen Schatz freue ich mich soooo!« Sie hüpfte auf ihrem Sitz auf und ab.
Kim begann ebenfalls zu strahlen. »Wenn das mit dem Springpferdkarussell heute Abend klappt, flippe ich aus!«
»Bestimmt«, sagte Franzi. »Warum sollte es nicht klappen?«
Kim lächelte versonnnen. »Ich freu mich auch sooooo!«
Marie grinste ihre Freundinnen an. »Wenn ich euch von euren Freunden schwärmen höre, bekomme ich gleich noch mehr Sehnsucht nach Holger. Schade, dass er heute Abend nicht dabei sein kann.«
Sofort rückte Franzi näher an Marie heran. »Ist es so schlimm?«
»Ich glaube, ich halte es aus.« Marie zwinkerte. »Holger kommt ja schon morgen Vormittag von seinem Sportcamp zurück und dann direkt zu uns. Tessa und mein Vater haben ihn, seine Mutter und seine beiden Geschwister zum Osteressen eingeladen.«
»Das ist aber nett von den beiden«, sagte Kim.
»Ja!«, antwortete Marie. »Trotzdem hoffen wir, dass mein kleiner Bruder, Lina oder Holgers Geschwister irgendein Chaos veranstalten, sodass keiner merkt, wenn Holger und ich uns nach dem Essen verdrücken. Wir wollen eine Runde skaten gehen – und zwar alleine. Drückt uns die Daumen!«
»Aber sicher!«, riefen Kim und Franzi wie aus einem Mund. Alle drei kicherten laut los und verpassten beinahe den Ausstieg in Billershausen.
Immer noch lachend kamen sie im Restaurant *Yucatán* an. Juana hatte sich für das große Begrüßungsessen für ihren Sohn wirklich ins Zeug gelegt. Die künstliche Grotte war

mit Lichterketten festlich geschmückt und Kerzen in silbernen Ständern verbreiteten ein magisches Licht auf dem Tisch. Die blütenweiße Decke war mit Rosenblättern in allen Farben bedeckt. Strahlend begrüßte Felipes Mutter die drei !!!.

Die meisten Gäste waren schon da und saßen bereits. Kim, Franzi und Marie winkten Felipes Onkel Miguel, der als Zauberer Mago im Freizeitpark auftrat, seiner Oma Rosita, seinem Cousin Rubén und dessen Frau, die die neue Indoor-Minigolfanlage nebenan betrieben. Natürlich war auch Michi gekommen. Kim setzte sich sofort neben ihn und begann mit ihm zu tuscheln.

Felipe kam zusammen mit Karsten aus der Küche. Sie trugen Tabletts voller dampfender Schüsseln mit Gemüse und gebratenem Fleisch sowie kleine Körbe, in denen sich Unmengen von frisch gebackenen Maisfladen stapelten.

Felipe stellte sein Tablett ab und lief zu Franzi. *»¡Hola, tesoro!«* Er gab ihr einen zärtlichen Kuss. »Herzlich willkommen zu meinem Begrüßungsessen!«

Franzi spürte augenblicklich wieder den aufgeregten Flügelschlag des kleinen Kolibris in ihrer Brust. Sie umarmte Felipe und wusste in diesem Moment, dass sie der glücklichste Mensch auf der Welt war!

Juanas Fajitas waren wieder einmal fantastisch. Alle ließen sich die würzigen Fleischfladen schmecken und selbst Franzi griff kräftig zu.

Während sie aßen, erzählten die drei !!! von ihrem Gespräch mit Dr. Bramlage im Museum. Juana und Felipe hörten aufmerksam zu. Es war ihnen deutlich anzumerken, wie

nahe ihnen der Diebstahl der mexikanischen Totenmaske ging.
»Die Alarmanlage hat nicht funktioniert?«, fragte Felipe schließlich entsetzt. »Wie kann so etwas passieren?«
Franzi schluckte den letzten Bissen herunter. »Es ist nicht sicher, aber der Direktor nimmt es an, da keine Meldung bei der Polizei einging.«
Karsten schaltete sich ein. »Wurde eigentlich noch etwas anderes entwendet außer der Totenmaske der Xana?«
Franzi sah Kim an, die den Studenten unauffällig von der Seite beobachtete. Entweder Karsten hatte tatsächlich nichts mit dem Diebstahl zu tun – oder er war ein sehr guter Lügner, der den Verdacht von sich ablenken wollte …
Plötzlich sprach Oma Rosita aufgeregt auf Felipe ein. Franzi verstand leider kein Wort des spanischen Wortschwalls – außer einem Namen, den Rosita ganz besonders betonte. Felipe antwortete kurz, woraufhin die alte Dame einen weiteren langen Monolog von sich gab.
»Was hat deine Oma denn gerade erzählt?«, fragte Franzi. »Sie hat irgendwas von *Xanath* gesagt, richtig?«
Felipe nickte. »Oma versteht zwar kein Deutsch, aber sie hat den Namen Xana herausgehört, als Karsten vorhin nach der Maske fragte.« Er lächelte Rosita zu. »Meine Oma kennt natürlich ebenfalls die Legende, von der ich euch erzählt habe – sogar die verschärfte Variante mit einem Geist.«
Franzi sah Felipe neugierig an. »Das klingt ja spannend.«
»Erzählst du uns die Legende?«, bat Kim.
Felipe zögerte. »Du weißt ja, was du von unseren mexikanischen Märchen zu halten hast …«

Franzi knuffte ihm in die Seite. »Nun spann uns doch nicht so lange auf die Folter!«
»Na gut«, murmelte Felipe. »Also, die Legende von der Entstehung der Vanillepflanze geht so: Vor Hunderten von Jahren sollte eine verwitwete Maya-Königin aus politischen Gründen zu einer Ehe mit einem ebenfalls verwitweten König gezwungen werden. Sie hatte aber bereits einen Geliebten und wollte auf gar keinen Fall den König heiraten. Der war stinkwütend über diese Zurückweisung und ließ sie und ihren Liebhaber von Helfern in einen Wald locken, um sich an ihnen zu rächen: Er hat die beiden hinterrücks erdolchen lassen!
An der Stelle, an der das Blut der beiden Liebenden in den Boden sickerte, wuchsen später zwei Pflanzen: eine starke, aufrechte und eine zarte, die daran hochkletterte. Sie hatte wunderschöne hellgelbe Blüten, die einen betörenden Duft verströmten: Das war die Vanillepflanze. Die Maya tauften die Pflanze zu Ehren der ermordeten Königin auf den Namen Xanath – was auf Deutsch ›gejagte Blume‹ bedeutet.«
Kim blinzelte. »Tolle Geschichte.«
Felipe nickte. »Ja! Wollt ihr jetzt noch die Variante von meiner Oma hören?«
Die drei !!! nickten stumm.
»Oma sagt, dass der Geist der gemeuchelten Königin seit jenem Mordtag unterwegs ist und junge Frauen, die gegen ihren Willen verheiratet werden sollen, zu deren Schutz zu sich in die Unterwelt holt. Zahlreiche mexikanische Frauen seien aufgrund der Intervention des Königinnengeists spurlos verschwunden. Und immer ist ein intensiver Duft nach Vanille

am Ort ihres Verschwindens zurückgeblieben …« Felipe lehnte sich zurück und verschränkte die Arme. »Das ist Xanas Fluch.«
Marie rieb sich die Unterarme. »Ich hab eine Gänsehaut!«
Oma Rosita nickte ihr wissend zu.
Franzi grinste. »Du glaubst da aber nicht wirklich dran, oder?«
»Na ja …« Marie zögerte.
Karsten räusperte sich. »Die Legende ist wirklich sehr populär in Mexiko. Ich lese gerade eine Doktorarbeit über das Grab der Xana, da wird das Märchen auch analysiert. Bei den Ausgrabungsarbeiten in Calakmul haben übrigens einige mexikanische Helfer davon erzählt, dass immer wieder Studentinnen und Archäologinnen spurlos verschwinden und dass dafür Xanath verantwortlich wäre.«
Marie sah den Studenten unbehaglich an. »Da sind tatsächlich Frauen verschwunden?«
Karsten grinste. »Ja! Allerdings glaube ich eher, dass die Damen vor der anstrengenden Arbeit im Dschungelklima geflohen sind, als dass sie vom Königinnengeist entführt wurden.«
Franzi nahm nachdenklich einen Schluck Orangensaft. Irgendwie wurde sie aus diesem Karsten nicht schlau. Sie fand ihn immer noch ziemlich sympathisch. Aber trotzdem war sie hellhörig geworden, als er die Doktorarbeit erwähnt hatte. Der Student war ja wirklich sehr interessiert an dem Grab der Königin. Vielleicht auch ganz speziell an der Totenmaske? War Kims Verdacht doch nicht so unberechtigt?
»Es ist schon seltsam, dass ausgerechnet die Totenmaske dieser Königin nun verschwunden ist«, sagte Marie leise.

»Es ist nicht nur seltsam«, sagte Felipe, »es ist schrecklich! Diese Maske ist so wertvoll für die mexikanische Kultur!«
Karsten nickte zustimmend. »Es ist eine Katastrophe.«
»Wir müssen sie unbedingt wiederfinden!« Kim knüllte ihre Serviette zusammen. »Karsten, du hast vorhin etwas von einer Doktorarbeit über das Grab erzählt. Könnten wir da vielleicht mal hineinschauen – wir sollten einfach so viel Wissen über die Maske zusammentragen wie möglich.«
Unmerklich nickte ihr Franzi zu. Sie hatte verstanden: Kim versuchte gerade mit Karsten ins Gespräch zu kommen, um ihn unauffällig aushorchen zu können.
Der Student nickte. »Klar, ich leihe sie euch gerne über die Feiertage aus. Aber ich kann euch auch persönlich ein paar Sachen erzählen.«
»Das ist sehr nett«, sagte Kim sofort. »Am besten, wir lesen uns ein, und wenn wir Fragen haben, kommen wir einfach auf dich zu.«
»Kommt doch gleich mal mit, ich habe auch noch andere Arbeiten über Mexiko. Vielleicht ist etwas Interessantes für euch dabei.« Karsten stand auf und die drei Detektivinnen folgten ihm. Er steuerte auf die Tür hinter dem Tresen zu, hinter der sich der kleine Raum befand, den Juana normalerweise als Büro nutzte. Jetzt stand ein schmales Klappbett seitlich an der Wand und einige Regalbretter waren für Karstens persönliche Sachen frei geräumt worden. Auf dem Schreibtisch stapelten sich Bücher und Papiere neben dem Laptop, selbst auf der Fensterbank befand sich ein großer Haufen Hefte. Am Fenstergriff schaukelte Karstens Indiana-Jones-Hut im Luftzug.

Karsten grinste. »Ich habe es in kürzester Zeit geschafft, die halbe Unibibliothek hierherzubringen.« Er zog ein dickes Heft aus dem Stapel. »Hier, das ist die Arbeit.« Er reichte sie Kim. »Und im Regal habe ich noch ein paar Bücher …«
Karsten wurde vom Klingeln seines Handys unterbrochen. Er zog es aus der Hosentasche und sah auf das Display. »Das ist mein Bruder, da muss ich rangehen – entschuldigt mich kurz. Schaut doch schon mal selbst nach.« Er deutete auf einige Bücher, die neben einem Stapel Jeans im Regal standen, und verließ den Raum.
Als Karsten die Tür hinter sich zuzog, wurde das angelehnte Fenster plötzlich durch eine Windböe aufgestoßen. Der Rahmen schrammte an einem Bücherstapel vorbei und brachte ihn gefährlich zum Schwanken. Bevor eine der Detektivinnen reagieren konnte, krachte er vom Fensterbrett.
Marie sprang hin und übersah dabei ein paar Bücher, die auf dem Boden lagen. Ein Notizbuch rutschte ihr direkt vor die Füße. Sie schob alles eilig zusammen und wollte die Unterlagen wieder ordentlich hinlegen, da fiel ihr Blick auf ein zerknittertes, mehrfach gefaltetes Papier. Es musste aus einem der Notizbücher gerutscht sein. Marie ergriff den Zettel und stutzte. Dann pfiff sie durch die Zähne.
»Was ist?«, fragte Franzi.

See voller Blut

»Das ist ein Formular«, antwortete Marie. »Genauer gesagt ein *Adress-Aufkleber.*« Sie sah ihre Freundinnen aus großen Augen an.
»Und, was ist daran so spannend?« Franzi nahm Marie den Zettel aus der Hand. Als sie ihn überflogen hatte, murmelte sie aufgeregt: »Das ist Spanisch. *Remitente: Museo Campeche, Destinatario: Stadtmuseum* …« Franzi schluckte. Mechanisch schüttelte sie den Kopf. Schließlich fand sie die Worte wieder: »Das gibt's doch nicht! Das ist das Etikett von der Kiste mit den Keramiken.«
»Zeig her!« Kim zog Franzi das Papier aus der Hand. Sie befühlte es und hielt es gegen das Licht. »Es ist an einigen Stellen heller. Als ob es vom Untergrund abgerissen worden wäre und die Papierschicht dabei dünner wurde.« Kim strubbelte sich durch die Haare. »Ich hab's die ganze Zeit gewusst. Karsten hat Dreck am Stecken! Ich habe es einfach gespürt.«
Franzi schlug mit der flachen Hand auf den Schreibtisch. Heiße Wut durchflutete sie. »Du meinst, er hat das Etikett von der Kiste gerissen, sodass sie nicht in Deutschland ankommen konnte!«
»Exakt.«
»Was für ein mieser Kerl! Felipe hat sich solche Sorgen gemacht. Und dann ist Karsten auch noch so dreist und hebt das Etikett auf! Ich, ich werde …« Während Franzi überlegte, was sie mit Karsten machen würde, ging die Tür auf. Der

Student kam lächelnd herein. »Na, habt ihr etwas Interessantes gefunden?«
Die drei Detektivinnen schwiegen und durchbohrten Karsten mit bitterbösen Blicken.
Er strich sich eine blonde Haarsträhne aus dem Gesicht. Unsicher fragte er: »Ist was?«
Mit hochroten Wangen hielt Franzi ihm das abgerissene Etikett vor die Nase und zischte: »Allerdings! DAS hier haben wir gefunden! Und das ist mehr als interessant. Ich will sofort von dir wissen, was das soll!« Sie schnaufte. »Du mieser, fieser RIESENIDIOT!«
Karsten erstarrte. Er wischte sich über die Augen. »Mist.«
Franzi ballte die Hände zu Fäusten. »Das ist alles, was du zu sagen hast?! *Mist*?« Sie presste die Hände so stark zusammen, dass ihre Fingernägel sich in ihre Handballen gruben. Der Schmerz tat gut, er bewahrte sie davor, Karsten an die Gurgel zu gehen. »*Mist* ist wohl nicht das richtige Wort. Du hast jemanden hinterhältig, oberfies und gemein in die Pfanne gehauen! Du Riesenfiesling! Du …«
Kim klopfte Franzi auf den Rücken. »Ist ja gut …«
Franzi wehrte Kims Arm ab. »Lass mich!« Dann funkelte sie Karsten wütend an und schrie: »Warum hast du das gemacht? Kannst du mir das erklären? WARUM?!« Sie zerknüllte das Papier und warf es dem Studenten vor die Füße.
»Was ist denn hier los?«, erklang plötzlich Felipes Stimme von der Tür. Er pustete sich eine Locke aus der Stirn und sah fragend von Franzi zu Karsten und wieder zu Franzi. »Ich dachte, ich seh mal nach euch. Ihr scheint ja, äh, lebhaft zu diskutieren.«

Karsten sah betreten zu Boden. Er versenkte seine Hände in den Hosentaschen und kickte das Papierknäuel in eine Ecke. »Felipe, ich glaube, ich muss dir etwas sagen.«
Felipe hob die Augenbraue. »Was denn?«
Franzi verschränkte die Arme vor der Brust. »Na los«, murmelte sie. »Erzähl schon.« Sie nahm Felipes Hand und drückte sie ganz fest.
Karsten ließ sich auf das Klappbett fallen und fuhr sich vornübergebeugt mit beiden Händen durchs Haar. Er seufzte tief. Als er wieder aufsah, schimmerten seine Augen feucht. Er wischte sich übers Gesicht. »Also gut. Felipe, es tut mir leid! Ich weiß nicht, wie ich auf die Idee kommen konnte, aber …« Erneut wischte sich der Student mit einer fahrigen Bewegung durchs Gesicht. Er holte tief Luft und atmete hörbar aus. Dann sagte er mit rauer Stimme: »Ich bin schuld daran, dass die Kiste mit den Keramiken in Mexiko verloren gegangen ist.«
Felipe blieb der Mund offen stehen. Er zog den Schreibtischstuhl zu sich heran und setzte sich. »Ich verstehe nicht …«
»Ich habe es absichtlich getan.« Karsten knetete seine Hände. »Aber es tut mir leid! Wirklich leid. Besonders, weil du und deine Leute so nett zu mir seid. Ich habe die ganze Zeit ein schlechtes Gewissen. Du und deine Mutter und dein Onkel, ihr lasst mich hier einfach wohnen und mit euch essen und seid supernett zu mir – und dabei habe ich dich in Schwierigkeiten gebracht.«
Felipe runzelte die Stirn. »Ich kapiere es immer noch nicht. Was hast du mit der Kiste zu tun?«
»Ich habe den Aufkleber mit der Adresse abgerissen. Damals,

als wir in Mexico City in der Ladehalle des Flughafens noch mal alles kontrolliert haben. Du bist zur nächsten Box weitergegangen und ich habe das Schild einfach entfernt und eingesteckt.« Karsten biss sich auf die Lippe. »Du hattest alles so perfekt vorbereitet, Señor Castañeda war völlig begeistert von dir, du konntest dich auf Spanisch überall unterhalten, alle mochten dich auf Anhieb … und du hattest diesen Wahnsinns-Job im Museum.« Karsten verzog das Gesicht. »Du hast die Praktikumsstelle bekommen, die ich immer schon haben wollte, nur weil du ein paar Wochen früher mit Dr. Castañeda ins Gespräch gekommen bist. Obwohl du gerade mal 16 bist, nicht studierst …« Karsten schlug sich mit der Hand auf den Oberschenkel. »Und ich bin im Dschungel bei diesen ätzenden Ausgrabungsfeldern gelandet. Moskitos, Regen, Schlamm, Schweiß, nichts als Arbeit. Dabei habe ich genaue Fachkenntnisse, die ich sehr gut im Museum hätte einbringen können.«

Felipe schüttelte den Kopf. »Aber ich dachte, du wärst begeistert von den Grabungsarbeiten.« Dann stockte er. Er schien im Schnelldurchlauf Karstens Worte zu durchleuchten. Plötzlich presste er die Lippen aufeinander und seine Augen schienen sich von Haselnussbraun zu Schwarz zu verdunkeln.

Franzi hielt die Luft an. Diesen Gesichtsausdruck kannte sie gut von ihrem halbmexikanischen Freund. So sah er aus, wenn er kurz vor einem seiner bekannten Wutausbrüche stand …

Im nächsten Moment sprang Felipe auch schon auf und schrie los: »DU WOLLTEST, DASS ALLE DENKEN, ICH

SEI ZU BLÖD, UM EIN PAAR KISTEN ZU VERSCHICKEN!«

Sein Gesicht war knallrot und eine Ader an der Schläfe pochte wild. Er atmete heftig. »Ich … fasse … es … NICHT!« Mit einer heftigen Armbewegung schleuderte er einen Bücherstapel zu Boden. »Ich habe mir solche Mühe gegeben – und du hast alles kaputt gemacht!«

Karsten sprang ebenfalls auf. Er fasste Felipe an der Schulter. »Bitte! Es tut mir leid! Ja, ich war neidisch und ich wollte nicht, dass du mir womöglich nächstes Jahr wieder den Platz wegschnappst. Ich wollte, dass der Direktor dich nicht mehr nimmt, weil er denkt, dass du schlampige Arbeit leistest.« Karsten schlug sich mit der flachen Hand vor die Stirn. »Ich bin ein absoluter Idiot gewesen. Ich weiß nicht, wie ich auf diese Idee kommen konnte. Ich werde nie, nie wieder so eine bescheuerte Sache machen. Ich schwöre es dir! Seit einer Woche denke ich nach, wie ich es wiedergutmachen kann. Es tut mir so leid. Kumpel, gib mir noch eine Chance, bitte!«

Franzi schluckte. Karsten war ziemlich durch den Wind. Er schien seine hinterhältige Aktion wirklich zu bereuen. Fast tat er ihr schon leid. Aber nur fast. Ein Blick auf ihren Freund, der stocksteif und mit fassungslosem Gesichtsausdruck dastand, genügte, um sie wieder wütend zu machen. Was hatte sich Karsten bei seiner überaus fiesen Tat bloß gedacht?!

Felipe wippte nervös auf den Füßen auf und ab. »Am liebsten würde ich dir eine reinhauen.«

»Wenn's hilft, tu's!«, sagte Karsten und hielt Felipe sein Kinn hin. »Ich hab es nicht anders verdient.«

Detektivtagebuch von Kim Jülich
Samstag, 21:30 Uhr

Ein See voller Blut, hat Felipe heute gesagt, wäre das Allerletzte, was er im Büro seiner Mutter gebrauchen könnte. Deshalb hat er sich zum Glück nicht mit Karsten geprügelt – obwohl er stinkwütend auf ihn war, und, ehrlich gesagt, ich hätte es fast verstanden, wenn er diesem Deppen eins auf die Nase gegeben hätte. Hut ab, dass er es nicht getan hat. Und nicht nur das, er gibt Karsten sogar eine neue Chance für ihre Freundschaft. Wahnsinn, oder? Felipe ist eben immer wieder für eine Überraschung gut.

Nun wissen wir, wie es dazu kommen konnte, dass die Kiste mit den Kakaobechern verschwunden war. Karsten hat das Adressschild abgerissen, sodass alle geglaubt haben, Felipe hätte den Versand der Kisten nicht ordentlich vorbereitet. Vielleicht hätte der Direktor des mexikanischen Museums Felipe aufgrund dieser Sache nie wieder bei sich arbeiten lassen. Dabei ist Felipe fest entschlossen das Abi zu machen, zu studieren und dann irgendwann wieder in das Museum zurückzukehren. Karsten hat versucht ihn mit dieser völlig fiesen und hinterhältigen Aktion als Konkurrenten aus dem Weg zu räumen. Jetzt tut es ihm aber leid. Er hat sich tausend Mal entschuldigt und versprochen Dr. Castañeda zu sagen, was er gemacht hat, damit Felipes Ehre wiederhergestellt ist.

Es ist schon schlimm zu sehen, zu was Menschen alles fähig sind und wo Neid sie hintreiben kann …

Mein Bauchgefühl hat mich also nicht getäuscht. Mir kam Karsten die ganze Zeit verdächtig vor. Jetzt haben wir den Beweis.

Im Fall der gestohlenen Totenmaske sind wir aber leider nicht weitergekommen. Ich habe Karsten sofort auf den Kopf zugesagt, dass er bestimmt auch etwas damit zu tun hat und den Diebstahl zugeben soll. Aber da ist er richtig wütend und dann traurig geworden und hat gesagt, dass er nichts damit zu tun hat und er die Sache mindestens genauso schlimm findet wie Felipe und wir. Er hat echte Tränen in den Augen gehabt und gesagt, dass er es verstehen kann, wenn wir ihm nach der Sache mit der Kiste auch einen Diebstahl zutrauen – aber dass er es wirklich nicht war.
Felipe hat sich schließlich erinnert, dass er zusammen mit Karsten in der Tatnacht zuerst im Restaurant ausgeholfen hat und sie anschließend mit Juana bis in die frühen Morgenstunden über Mexiko gequatscht haben. Karsten hat damit ein absolut wasserdichtes Alibi. Eigentlich schade. Ich hätte unseren Fall gern im Rekordtempo abgeschlossen und muss zugeben, dass mir Karsten als Täter gut gefallen hätte (fies von mir, aber er war ja auch fies).
Wir werden uns jetzt wieder auf den Tatort konzentrieren und am Montag erneut das Museum aufsuchen. Vielleicht können uns die beiden Aufseher, Timo Bach und Thomas Schneider, etwas Interessantes berichten. Außerdem werden wir den Ausstellungssaal noch einmal genauer unter die Lupe nehmen. Es ist zwar anzunehmen, dass Kommissar Peters alle verwertbaren Spuren bereits aufgenommen hat und nichts mehr zu finden sein wird – aber wer weiß …
Am Dienstag kommt der Kurator, Dr. Felix Mahler, aus seinem Urlaub zurück und wir werden ihn uns mal vorknöpfen. Sein Verhalten ist schließlich mehr als merkwürdig.

Jetzt bin ich erst mal gespannt, was wir von den Aufsehern erfahren. Wir haben uns eine Stunde vor Öffnung des Museums im Café nebenan verabredet, sodass wir noch die Strategie der Befragung besprechen können.

Geheimes Tagebuch von Kim Jülich
00:25 Uhr (Ostersonntag; ich schreibe unter der Bettdecke – Mama würde durchdrehen, wenn sie wüsste, dass ich noch wach bin ☺)
An alle heimlichen Mitleser (und davon gibt es ja richtig viele, wie ich vorhin in den Nachrichten gesehen habe): Es ist mir egal, ob ihr hier rumschnüffelt. Meinetwegen kann die ganze Welt wissen, wie glücklich ich mit Michi bin! Glüüüüüücklich!!!
Mich würde interessieren, ob die Leute vom amerikanischen Präsidenten, die alles im Internet beobachten, überhaupt Deutsch können. Zur Sicherheit: Dear Barack Obama, I love Michi Millbrandt. Und zwar: forever!«
Nach der großen Aufregung um Karsten haben Michi und ich gestern doch noch einen superromantischen Abend auf dem alten Springpferdkarussell im Freizeitpark verbracht. Felipe hatte tatsächlich den Schlüssel für uns besorgt und uns erklärt, wie wir das Karussell in Gang setzen. Im Fahrtwind war es zwar ein bisschen kalt, aber Michi hat mir seinen Schal geliehen und wir haben uns dicht aneinandergekuschelt. Die Mähne von dem wunderschönen weißen Springpferd, auf dem wir saßen, war seidenweich, aber Michis Hand in meiner war noch viel, viel weicher!!!
Und dann haben wir uns geküsst, geküsst, geküsst und noch mal

geküsst. Dazu haben ganz viele Sterne am Himmel gefunkelt. Ich habe mich wie in einem Märchen gefühlt!
Ich bin so glücklich, ich kann das gar nicht richtig in Worte fassen.
Oder vielleicht doch? Ja, ich muss jetzt ein Liebeslied für Michi schreiben.

»Song für Michi von Kim«:
Eine Million
Für uns der Himmel voller Sterne,
bestimmt eine Million.
Mein Herz zerspringt vor Glück und Liebe,
aber das weißt du schon.
Nur für dich sind meine Sehnsuchtslieder,
mehr als eine Million!

Ein leichter Duft nach Vanille

»Oma! Du bist ja auch schon wach!« Franzi lief den schmalen Weg im Vorgarten des Bauernhäuschens entlang. Ihre Großmutter saß auf der Gartenbank und betrachtete versonnen das Beet zu ihren Füßen.

Franzi setzte sich neben sie. »Ist dir nicht zu kühl?«

Oma Lotti deutete auf das Polster, auf dem sie saß. »Ich habe es warm und gemütlich.« Sie zog die Wollstola, die sie um ihre Schultern gelegt hatte, auseinander und breitete sie mit um Franzi. »Schön mollig, was?«

Franzi lächelte und kuschelte sich an ihre Oma. Sie schloss die Augen und murmelte: »Großartig.«

Oma Lotti lachte ein leises Lachen. »Schau mal! Sie blühen.«

Franzi öffnete die Augen wieder und blinzelte gegen die Sonne. Tatsächlich: Die kleinen Krokuspflanzen waren in den letzten Tagen ein unglaubliches Stück gewachsen. Die schmalen Knospen hatten sich in zarte weiße Blüten verwandelt, aus deren Mitte die gelben Staubfäden vorwitzig hervorlugten.

»So schön waren sie noch nie«, stellte Oma Lotti fest. »Du hast ein Händchen für Pflanzen.«

Franzi schüttelte den Kopf. »Nicht unbedingt, um ehrlich zu sein. Mit Tieren kann ich besser umgehen. Aber die Krokusse fand ich wichtig, weil du sie so magst.«

Oma Lotti drückte sie an sich. »Du bist ein Goldschatz.«

Franzi zwinkerte. »Du auch! Und jetzt wird alles gut – weil die Krokusse so schön blühen!«

»Ja, jetzt wird alles gut!«
Franzi umarmte ihre Großmutter, schälte sich aus dem Umhang und gab ihr einen Kuss auf die Wange. »Ich muss los. Kim und Marie warten auf mich.«
Sie holte ihr Fahrrad und schob es zum Gartentor. Bevor sie losfuhr, winkte sie Oma Lotti noch mal zu. Die alte Dame zwinkerte und winkte zurück.

»Heute bist *du* aber zu spät dran«, stellte Marie pikiert fest, als Franzi sich an den Tisch im Café des Stadtmuseums setzte. Das Café war an diesem Morgen gut besucht. Viele Leute nutzten offenbar den Ostermontag, um sich ein gemütliches Frühstück zu genehmigen, bevor sie sich die Maya-Ausstellung ansahen.
»Tut mir leid«, sagte Franzi und setzte sich. »Aber ich habe noch Oma Lotti im Garten getroffen und mit ihr gesprochen. Das musste einfach sein!« Franzi holte vorsichtig zwei Päckchen aus ihrem Rucksack und legte sie vor Kim und Marie. »Hier, für euch – frohe Ostern!«
»Wie süß! Vielen Dank«, quiekte Marie sofort. Sie betrachtete den kleinen Hasen aus Keksteig, den Franzi mit bunten Zuckerperlen und Mandeln verziert hatte. »Hast du die echt selbst gemacht?«
Franzi grinste. »Um ehrlich zu sein: Die Kekse hat meine Mutter gebacken. Aber das *Design* stammt von mir!«
»Sie sehen toll aus«, sagte Kim. »Die sind zum Essen ja viel zu schade!«
»Und das sagst *du*«, antwortete Franzi grinsend und wehrte geschickt Kims Hand ab, die sich in ihre Seite bohren wollte.

Marie hatte zwei winzige Wachteleier mit Silberfarbe und zarten Mustern bemalt und sie in mit Samt ausgeschlagene Schatullen gesteckt. Franzi und Kim waren hin und weg von den Mini-Kunstwerken.
Schließlich holte Kim zwei kleine Spiegel hervor und überreichte sie ihren Freundinnen. »Ich habe euch Taschenspione gebaut.«
Erstaunt betrachtete Franzi den Spiegel. Auf der Rückseite war eine schmale Metallröhre verlötet, an deren Ende sich ein Knubbel befand. Als Franzi daran zog, verlängerte sich die Röhre plötzlich. Der Spiegel steckte nun am Ende einer ungefähr vierzig Zentimeter langen dünnen Stange.
Marie hob die Augenbrauen. »Einfach genial!«, sagte sie und zog ebenfalls das Röhrchen an ihrem Spiegel auseinander. »Ist das eine alte Radioantenne?«
Kim nickte. »Ich habe sie aus dem Laden von Michis Vater.«
Franzi richtete den Spiegel an der Stange auf und sah hinein. »Das ist viel unauffälliger, als den Spiegel in der Hand zu halten. Man kann super hinter einer Tür oder in einer Nische stehen und beobachten, ohne dass man aus der Deckung gehen muss.«
»Genau so habe ich es mir vorgestellt«, sagte Kim.
Marie und Franzi bedankten sich begeistert bei Kim.
»Unsere Ausrüstung wird immer perfekter«, stellte Franzi zufrieden fest.
Marie nickte. »Die drei !!! sind eben einfach perfekt!« Sie lächelte. »Und bevor ich es vergesse: Ich habe die Lösung! Holger und ich haben gestern beim Skaten drüber gesprochen.«

Kim und Franzi sahen ihre Freundin verdattert an. »Du weißt, wer die Totenmaske gestohlen hat?«, rief Franzi.
»Nein. Ich meine doch nicht unseren Fall hier.« Marie grinste. »Ich habe Franzis ›Was ist passiert?‹-Rätsel geknackt.«
»Dass du daran noch gedacht hast!« Franzi schüttelte den Kopf und lachte.
»Nicht nur Neugier und Geduld zeichnen einen Detektiv aus, sondern auch Ausdauer!«
Kim beugte sich neugierig vor. »Dann erzähl mal, ich bin gespannt.«
»Also: Hänsel und Gretel sind zwei *Goldfische*, die in ihrem Aquarium umhergeschwommen sind – bis der Wind das Fenster aufstieß und das Gefäß von der Fensterbank fiel. Es ging kaputt und die beiden Fische sind auf dem Fußboden erstickt. Fertig.« Marie lehnte sich zurück und sah ihre Freundinnen triumphierend an. »So war es, stimmt's?«
»Wahnsinn.« Franzi schlug Marie auf die Schulter. »Du hast es!«
»Alle Achtung«, sagte Kim.
»Tja, das ist eben Detektivinstinkt. Es gab ein paar Ereignisse, die mich zur Lösung inspiriert haben. Die Rettung von Linas Goldfisch zum Beispiel. Und gestern das aufgestoßene Fenster im Büro und die Bücher, die von der Fensterbank gekracht sind …«
Marie hielt ihre Hand zum Abklatschen hin. »Was kriege ich jetzt?«
Franzi schlug ein und zog die Speisekarte zu sich. Nach einem kurzen Blick darauf sagte sie: »Ich spendiere dir eine *Chocolate Xana mit echter Vanille* und einen *Maya-Muffin.*«

»Super!« Marie leckte sich über die Lippen. »Mal sehen, ob der Kakao hier auch so gut ist wie im *Lomo*.«
Franzi sah sich nach der Bedienung um.
An der Theke stand eine rothaarige Frau und stellte Gläser und Tassen auf ein Tablett. Franzi winkte.
Im selben Moment wurde die Frau durch einen Mann abgelenkt, der gerade zur Tür hereinkam.
»Ist das nicht Timo Bach?«, fragte Kim.
Marie und Franzi reckten die Hälse.
»Ja! Ohne Uniform hätte ich ihn zuerst gar nicht erkannt«, stellte Kim fest. »Praktisch, dass er hierhergekommen ist. Vielleicht können wir uns gleich mit ihm unterhalten.«
Marie verzog den Mund. »Ich habe das Gefühl, dass er für uns gerade keine Zeit hat.«
Die Kellnerin war sofort zu dem Museumswärter gelaufen und hatte ihn am Arm gefasst. Jetzt sprach sie laut auf ihn ein: »Mensch, Timo, weißt du nun endlich, wo Sabine steckt?«
Der Aufseher schüttelte den Kopf. Es war ihm sichtlich unangenehm, dass alle mithören konnten. Er murmelte etwas vor sich hin und versenkte die Hände in den Hosentaschen.
»Aber du musst doch wissen, wo deine Freundin ist«, sagte die junge Frau aufgeregt. »Sie ist gestern nicht zur Arbeit gekommen und bis jetzt ist sie auch noch nicht da!«
Timo Bach zuckte mit den Schultern und biss sich auf die Lippen.
Er sah auf seine Armbanduhr.
Die Tür zum Café wurde erneut geöffnet und Franzi stellte erstaunt fest, dass der zweite Museumsaufseher eintrat. Er trug, im Gegensatz zu seinem Kollegen, die Uniform.

Franzi machte ihre Freundinnen auf Thomas Schneider aufmerksam.
Sie beobachtete, wie der untersetzte Mann zu einem Tisch in der Nähe der Theke lief und sich auf einen Stuhl fallen ließ. Er nahm seine Mütze ab und legte sie vor sich hin.
Sofort ging Timo Bach zu seinem Kollegen und setzte sich. Die beiden Männer begannen wild gestikulierend miteinander zu sprechen.
»Das sieht nach Streit aus«, stellte Franzi fest. »Was ist da los? Ich hatte bei unserer ersten Begegnung den Eindruck, dass die beiden sich super verstehen.« Sie spielte mit der Antenne an ihrem Taschenspion.
Kim zuckte mit den Schultern. »Keine Ahnung. Wir müssen versuchen in ihre Nähe zu kommen und …«
Plötzlich schallte die Stimme von Thomas Schneider durch den Raum: »Das werden wir noch sehen!« Er schlug mit der Hand auf den Tisch, schnappte sich seine Mütze und verließ eilig das Café.
Einige Besucher sahen ihm neugierig nach.
Timo Bach blieb regungslos sitzen. Dann gab er der rothaarigen Bedienung ein Zeichen und stützte den Kopf in die Hände.
Die drei !!! tauschten einen Blick.
»Ich folge Thomas Schneider und versuche herauszufinden, was eben los war«, zischte Franzi. Sie stand auf. »Vielleicht könnt ihr in der Zwischenzeit mit Timo Bach reden.«
Kim und Marie nickten. »Viel Glück!«, rief Kim Franzi hinterher.

Franzi tippelte von einem Fuß auf den anderen und betrachtete ungeduldig die beiden Frauen vor ihr in der Schlange am Ticketschalter. Sie hatte den Aufseher nicht mehr vor dem Museum abpassen können, weil er mit großen Schritten im Seiteneingang des Gebäudes verschwunden war. Die Tür war mit einem Code gesichert, Franzi hatte hier keine Chance. Also war sie schnell zum Haupteingang gelaufen und hatte im Foyer gerade noch gesehen, wie Thomas Schneider im Saal mit dem Grab der Königin verschwunden war. Sie wollte schnell hinterhereilen, wurde aber am Saaleingang von einem jungen Mann aufgehalten, der ihre Eintrittskarte sehen wollte. Als Franzi erzählte, dass sie eigentlich nur mit Thomas Schneider sprechen wollte, sagte ihr der Mann, dass der Kollege Schneider in einer halben Stunde wieder von seiner Pause zurück sein würde.

So lange wollte Franzi aber nicht warten und hatte sich daher am Ticketschalter angestellt, um schnell den Eintritt zu bezahlen und dem Aufseher in den Saal zu folgen.

Leider ging es nicht so zügig voran, wie Franzi sich das gewünscht hätte. Vor ihr diskutierten zwei Frauen, ob sie das Kombi-Ticket für die Maya-Ausstellung und die ständige Ausstellung kaufen sollten oder nur die Sonderausstellung besuchen wollten. Als sie sich schließlich auf das Kombiticket geeinigt hatten, funktionierte die EC-Karte der einen Frau nicht. Sie machte sich daran, in sämtlichen Taschen nach Bargeld zu suchen.

Franzi verdrehte die Augen. Sie überlegte gerade, wie sie doch heimlich in den Ausstellungssaal gelangen konnte, als sie aus dem Augenwinkel Thomas Schneider wieder aus dem

Saal herauskommen sah. Er trug eine Brötchentüte und eine Flasche Wasser in der einen und einen Thermobecher in der anderen Hand, sprach kurz mit dem jungen Mann und steuerte dann auf die breite Marmortreppe zu, die in die oberen Stockwerke führte. Eine Rentnergruppe betrat das Foyer und versammelte sich um ihren Reiseleiter. Franzi verlor den Aufseher für einen kurzen Moment aus den Augen.

Eine schneidende Stimme riss sie aus ihrer Beobachtung. »Hallooo, junge Dame!« Die Frau am Ticketschalter trommelte mit den Fingern auf dem Tresen. »Sie halten hier den ganzen Betrieb auf!«

Franzi zuckte zusammen, legte ihren Schülerausweis und drei Euro hin. »Einmal Kombi, aber schnell bitte.« Sie reckte den Hals.

»Das sagt die Richtige«, schnaubte die Frau und schob Franzi mit vorwurfsvollem Blick über ihre Brillengläser die Karte hin.

Franzi schnappte sich Ausweis und Ticket und drängelte sich durch die Reisegruppe in Richtung Treppe durch. Von Weitem konnte sie sehen, dass Thomas Schneider zwei Stufen hinauflief. Dann blieb er jedoch plötzlich stehen, sah sich kurz um – und lief die Treppe wieder runter. Er duckte sich im Gedränge der Reisegesellschaft weg.

Niemand außer Franzi schien dieses seltsame Verhalten zu bemerken. Jetzt konnte sie die Mütze des Aufsehers noch einmal sehen, dann verschwand sie blitzschnell hinter einer Säule nahe der Treppe.

Franzi stutzte. Was sollte das denn? Versuchte der Mann gerade mögliche Beobachter in die Irre zu führen? Scheinbar wollte er um jeden Preis vermeiden, dass ihm jemand folgte. Franzis Detektivinstinkt war geweckt!

Sie drängte sich, so schnell es ging, zwischen den Besuchern durch. Als die Säule einen Meter von ihr entfernt war, hielt sie kurz inne und beobachtete, ob sich dahinter etwas bewegte. Nein, nichts war zu sehen. Franzi hielt den Atem an und schlich hinüber.

Erstaunt stellte sie fest, dass hinter der Säule eine Treppe lag, die nach unten führte. Franzi beugte sich vorsichtig über das Geländer – und sah einen Schatten, der sich nach unten bewegte.

Leise schlich sie hinterher.

Die Treppe machte einen Knick, Franzi lugte um die Ecke und zuckte zusammen: Keinen Meter von ihr entfernt stand der Aufseher mit dem Rücken zu ihr und schloss eine Stahltür auf. Er schnaufte schwer und hatte Schwierigkeiten, den Thermobecher zusammen mit der Flasche und der Tüte in einer Hand zu balancieren. Schließlich hatte er es geschafft. Er zog die Tür auf und verschwand in der Dunkelheit dahinter.

Mit einem satten Klacken fiel die Tür ins Schloss.

Franzi hielt den Atem an. Sie lauschte, ob ein Geräusch verriet, dass wieder abgeschlossen wurde.

Nichts war zu hören.

Nach zwei Sekunden wagte sich Franzi an die Tür. Sie drückte vorsichtig die Klinke hinunter. Es war offen!

Franzi erblickte einen breiten Gang, der von nackten Glühbirnen spärlich beleuchtet war. Nach drei Metern machte er einen Knick zur rechten Seite.

Franzi nahm ihren ganzen Mut zusammen und schlüpfte hinein.
Sie schlich auf Zehenspitzen bis zur Abbiegung. Was würde sie dahinter erwarten? Sie wagte es nicht, einfach um die Ecke zu sehen. Da fiel ihr Kims Taschenspion ein. Zum Glück hatte sie ihn vorhin gleich in ihre Jackentasche gesteckt. Sie zog den Spiegel an seiner Teleskophalterung aus und schob ihn vorsichtig über ihrem Kopf Zentimeter für Zentimeter über die Kante der Abzweigung hinaus. Ein Blick in den Spiegel verriet ihr, dass erneut einige Meter Flur vor ihr lagen. An den Wänden standen Regale, in denen verstaubte Kisten und Kartons lagerten. Thomas Schneider schlurfte in der Mitte des Gangs entlang. Das Schlüsselbund an seiner Hose klimperte leise.
Franzi senkte den Spiegel ab und folgte dem Aufseher mit großem Sicherheitsabstand. Zwischen den Regalen gab es zahlreiche Türen, deren Sichtfenster mit Spinnweben überzogen waren. Eine stand offen und Franzi erkannte im diffusen Licht Luftpolsterfolien und anderes Verpackungsmaterial, das auf dem Boden lag. Als sie am nächsten Raum vorbeikam und hineinsah, hätte sie beinahe aufgeschrien: Dort stand ein Skelett in der Ecke, dessen Schädel sie direkt anzugrinsen schien. Erst auf den zweiten Blick erkannte Franzi, dass die Knochen an einem Gestell befestigt waren. Genau wie bei dem Modell im Biosaal ihrer Schule.
Offensichtlich befand sie sich in einem alten Gewölbekeller des Museums, der schon lange nicht mehr richtig genutzt wurde und als Abstellraum für alle möglichen Dinge diente, die gerade nicht gebraucht wurden.

Franzi wurde es mulmig zumute. Wenn ihr hier unten etwas zustieß, würde kein Mensch sie jemals finden …
Sie zog ihr Handy aus der Hosentasche, stellte erleichtert fest, dass sie Empfang hatte, und tippte im Gehen:

Museumskeller!

Sie schickte die SMS an Kim. Augenblicklich fühlte sich Franzi besser.
Der Aufseher schlurfte weiter. Langsam wurde Franzi mutiger und nutzte den Spiegel nicht mehr, wenn sie an eine Abzweigung kam. Thomas Schneider schien überhaupt nicht damit zu rechnen, dass ihm jetzt noch jemand folgen könnte. Er sah sich kein einziges Mal um.
Franzi schnupperte. Es wunderte sie schon eine ganze Weile, dass es in diesen alten Gängen kaum nach Moder roch. Fast duftete es eher. Franzi überlegte, was es war. Nach einer Weile stellte sie verwundert fest, dass es ein leichter Duft nach Vanille war. Seltsam. Sie fühlte sich an etwas erinnert, wurde aber abgelenkt, als sie eine beschädigte Stelle im Boden überwinden musste. Das Linoleum war an einer Stelle aufgerissen und der Estrich darunter brüchig geworden. Franzi musste höllisch aufpassen, dass die kleinen Steinchen unter ihren Turnschuhen nicht verräterisch knirschten.
Nach etlichen Abzweigungen und einigen Stufen, die immer weiter nach unten führten, blieb der Aufseher am Ende eines Gangs vor einer verrosteten Stahltür stehen. Franzi presste sich in eine Wandnische und beobachtete ihn vorsichtig.
Abblätternde Buchstaben auf dem Türblatt verrieten, dass es

hier einmal zum *ARCHIV III* gegangen war. Was wollte der Aufseher dort? Etwa seine Frühstückspause verbringen!?
Thomas Schneider stellte die Flasche und den Thermobecher auf dem Boden ab und löste den Schlüsselbund von der Hose.
»So, meine Liebe«, sagte er plötzlich. Seine Stimme hallte dumpf von den Wänden wider.
Franzi fuhr vor Schreck zusammen und musste sich in die Hand beißen, um nicht laut aufzuschreien. Ihr Herz begann zu rasen.
Eine Zehntelsekunde später stellte sie jedoch fest, dass Thomas Schneider nicht sie gemeint hatte. Er sprach in Richtung der Tür und beachtete Franzi gar nicht.
Aber mit wem redete der Museumsaufseher dann? Wer befand sich noch hier unten in diesem finsteren Keller?

Schon wieder Blut

Timo Bach trank seinen Espresso aus. »Entschuldigt bitte, meine Zeit ist knapp. Wir fahren übermorgen in den Urlaub. Ich habe noch eine Menge Dinge zu erledigen.« Er zog seine Geldbörse aus der Jeans und winkte der rothaarigen Bedienung.

Kim lächelte freundlich. »Natürlich. Vielen Dank, dass Sie ein paar Minuten für uns hatten.« Sie nippte an ihrer *Chocolate Xana*, die ein kräftiges Aroma hatte und intensiv nach Vanille duftete.

Während Timo Bach zahlte, sahen sich Marie und Kim enttäuscht an. Sie hatten die ganze letzte Viertelstunde gehofft, dass sie den Mann dazu bringen konnten, etwas zu dem Streit mit seinem Kollegen und zu seiner scheinbar verschwundenen Freundin zu erzählen. Aber diesen Themen war er mehr oder weniger geschickt ausgewichen.

Kim zuckte unmerklich mit den Schultern. Wenigstens hatte Timo Bach überhaupt etwas erzählt. Gleich nachdem Franzi das Café verlassen hatte, waren Kim und Marie zu dem Tisch gegangen, an dem der Aufseher saß, und hatten ihn angesprochen. Der dunkelhaarige Mann konnte sich sofort an sie erinnern und hatte bereitwillig vom Abend vor dem Diebstahl berichtet. Seine Schilderung deckte sich zum größten Teil mit dem, was sie bereits von Dr. Bramlage erfahren hatten: Die Alarmanlage musste defekt gewesen sein, da kein automatischer Notruf abgesetzt worden war und auch die Gitter vor den Fenstern nicht heruntergefahren waren. Erst die beiden Museumswärter hatten am Samstagmorgen bei ihrem Dienstantritt das Fehlen der Maske bemerkt. Timo Bach fügte noch hinzu, dass er so etwas schon hatte kommen sehen. Er hatte sehr deutlich gemacht, dass die Sparmaßnahmen des Museums seiner Meinung nach in die falsche Richtung gingen. Unter anderem war der Wachdienst, der früher nachts im Museum aufpasste, entlassen worden, weil das intelligente Kamerasystem ja so toll war. Wahrscheinlich wäre die Maske nie gestohlen worden, wenn der Mann in jener Nacht im Museum gewesen wäre.

Timo Bach steckte das Wechselgeld ein und stand auf. »Ich muss dann mal los.«

Als er Kim die Hand schüttelte, sah er plötzlich erstaunt an ihr vorbei. »Ach, Herr Kommissar!«

Kim drehte sich verwirrt um und blickte hoch.

Kommissar Peters stand einen Meter hinter ihr. Er verzog die Mundwinkel zu einer Art Lächeln, aber seine Augen blickten streng. »Guten Tag, Herr Bach. Guten Tag, die Damen!«

»Herr Peters!«, rief Marie. »Sie – auch hier?«

Der Kommissar räusperte sich. »Ich mache hier zufällig meine Arbeit.« Er trommelte mit den Fingern auf Kims Stuhllehne. »Und ich möchte gar nicht wissen, was ihr hier macht. Ich hoffe jedoch, dass ihr mich am Freitag richtig verstanden habt: Ich möchte nicht, dass ihr euch in diesen Fall einmischt!«

Kim und Marie sahen den Kommissar entsetzt an.

»Aber wir …«, setzte Kim an.

»Die Polizei ermittelt bereits in diesem Fall«, unterbrach der

Kommissar sie. »Wie oft habe ich euch gesagt, dass ihr euch nicht in laufende Ermittlungen einmischen sollt?« Er wartete erst gar keine Antwort der Mädchen ab, sondern wandte sich an den Aufseher: »Herr Bach, hätten Sie einen Moment für mich Zeit? Im Museum sagte man mir, dass ich Sie wahrscheinlich hier finden würde. Wir haben noch ein paar Fragen an Sie.«

Der Aufseher verzog den Mund. »Eigentlich bin ich in Eile.«

»Ich denke, zehn Minuten werden reichen«, antwortete der Kommissar, zog einen Stuhl heran und setzte sich.

Timo Bach ließ sich auf seinen Stuhl zurücksinken. »Na schön.«

»Und euch möchte ich bitten Herrn Bach und mich alleine zu lassen. Dies ist eine polizeiliche Zeugenbefragung unter vier Augen.« Der Kommissar blickte Kim und Marie ernst an.

»Gut«, antwortete Kim knapp. Sie stand auf. »Komm, Marie, wir werden hier nicht mehr gebraucht. Auf Wiedersehen!«

Vor dem Café atmete Kim einmal tief durch. Dann stampfte sie mit dem Fuß auf. »Er will uns einfach nicht mehr dabeihaben!«

Marie zuckte mit den Schultern. »Das ist doch nichts Neues. Und es hat uns doch nie besonders gestört.«

»Du hast ja recht.« Kim holte ihr Handy aus der Jacke, das vorhin während des Gesprächs mit Timo Bach ein Signal gegeben hatte. Sie sah auf das Display und murmelte: »Franzi hat gesimst – *Museumskeller!* Was soll das denn heißen?«

Marie sah auf die Uhrzeit, die neben der SMS stand. Sie

machte ein besorgtes Gesicht. »Das ist über eine halbe Stunde her. Franzi müsste doch schon längst zurück sein.«
Kim nickte hektisch. Sie rief Franzis Nummer auf und drückte die Verbindungstaste. »Ich rufe sie an.«

Franzi schob sich aus ihrer Wandnische hervor und verschanzte sich hinter einem rostigen Spind in unmittelbarer Nähe der Tür, die der Aufseher mittlerweile geöffnet hatte. Er hielt einen merkwürdigen Gegenstand hoch und rief: »Und dass du mir keinen Ärger machst! Ich habe den Elektroschocker dabei.«
Franzi schluckte. Was ging hier vor?
Sie lugte hinter dem Schrank hervor und konnte nun direkt in den Raum blicken, zu dem die Tür führte. Sie sah leere Regale an der Wand, darüber dicke Spinnweben, einen Tisch, Stuhl, ein Waschbecken, im Hintergrund eine Tür mit der Aufschrift *WC*. Alles war vom kalten Licht einer Glühbirne erleuchtet, die am Kabel von der Decke hing. Am Boden war ein länglicher Schatten zu sehen, Franzi erkannte eine Matratze. Etwas befand sich darauf. Sie kniff die Augen zusammen. Als Thomas Schneider sich bückte und den Thermobecher aufhob, konnte Franzi sehen, was es war: Auf der Matratze am Boden saß eine junge Frau! Ihre Kleidung war zerknittert und die Haare hingen ihr wirr um das Gesicht, aber sie wirkte äußerst lebendig und wohlbehalten. Sie funkelte Thomas Schneider aus wütenden Augen an und rief: »Hör auf mit dem Mist! Du kannst machen, was du willst. Timo wird die Maske nicht mehr zurückgeben!« Die Frau rappelte sich hoch. »Lass mich gehen! Gib auf!«

Thomas Schneider hielt drohend den Elektroschocker hoch. »Keinen Schritt weiter, Sabine, oder …«
Die Frau schüttelte den Kopf. Dann erstarrte sie. »Wer bist du?!«
Ihr Blick hatte sich auf Franzi geheftet, die hinter dem Schrank hervorgetreten war.
Augenblicklich bereute Franzi ihren Entschluss, den sie vor zwei Sekunden gefasst hatte. Sie hatte tatsächlich geglaubt, dass sie sich unbemerkt an den Aufseher heranschleichen und ihm seine Waffe aus der Hand schlagen könnte, solange er im Gespräch mit seiner Gefangenen war. Wie dumm war sie gewesen! Franzi schüttelte verzweifelt den Kopf.
»Du glaubst wohl, ich bin völlig verblödet«, zischte Thomas Schneider. »Mit so einem billigen Trick lasse ich mich nicht hereinlegen.« Er lachte heiser. »Ich werde mich garantiert nicht umdrehen!«
Franzi überlegte fieberhaft. Hatte sie doch eine Chance?
Sie machte einen Schritt auf den Museumswärter zu. Sein Rücken hob und senkte sich mit heftigen Atemzügen.
Franzi spannte ihren rechten Arm an, sie konzentrierte alle Gedanken auf den Handkantenschlag, den sie gleich ausführen würde.
In diesem Moment klingelte ihr Handy.
Thomas Schneider wirbelte herum. »Wer … was?« Er starrte Franzi an, als sei sie eine Geistererscheinung.
Dann ging alles sehr schnell.
Wie eine Furie schoss die Frau aus der dunklen Kammer, rammte Thomas Schneider einen Ellbogen in die Seite und schlug ihm den Elektroschocker aus der Hand. Das Gerät

schlitterte mehrere Meter weit in den Gang hinein, bis es von einem Regal gestoppt wurde. Der untrainierte Mann ging sofort in die Knie und kippte wie ein Mehlsack um. Franzi konnte nicht ausweichen und wurde mitgerissen. Sie gingen beide zu Boden und Franzi wurde halb unter dem Aufseher begraben.

Sie ächzte. »Hilfe!«

Thomas Schneider robbte zur Seite. Er stöhnte und hielt sich mit schmerzverzerrtem Gesicht ein Bein.

Als Franzi den Kopf hob, sah sie, dass die Frau über sie hinweggesprungen war und nun über den Gang sprintete. Sie ergriff im Laufen den Elektroschocker.

»Warten Sie!«, rief Franzi ihr hinterher. »Keine Panik! Bleiben Sie hier! Helfen Sie mir, den Entführer festzuhalten!«

Aber die Frau war nicht mehr zu stoppen. Innerhalb von Sekunden war sie aus Franzis Sichtfeld verschwunden.

Das Handy klingelte immer noch.

Franzi holte es aus ihrer Hosentasche und ging dran. »Kim«, keuchte sie. »Kommt schnell.« Sie setzte sich auf und lehnte sich an die Wand. »Und ruft Kommissar Peters an!«

Sie erklärte ihrer Freundin, wo sich der Kellereingang befand.

»Alles klar, sind auf dem Weg«, hörte sie Kims aufgeregte Stimme. Dann legte sie auf.

Franzi hatte den Museumsaufseher die ganze Zeit im Auge behalten und überlegt, was sie tun würde, wenn er einen Fluchtversuch wagen sollte. Der korpulente Mann war jedoch völlig geschwächt. Er hatte sich mit dem Rücken zur Wand auf den Boden gesetzt und sah Franzi immer noch verwundert an.

»Was machst du hier? Ich kenne dich doch …« Er überlegte. »Aus dem Museum, du warst bei der Eröffnung letzte Woche dabei«, sagte er schließlich.
Franzi nickte.
Der Aufseher seufzte. »Es ist sowieso alles egal. Es ist aus.« Er ließ den Kopf hängen. Seine Uniform war völlig verdreckt und an den Knien zerrissen. Die Mütze lag zerknautscht unter seinen Beinen. Unterhalb des einen Knies breitete sich schnell eine dunkle Lache aus.
»Um Gottes willen, Sie bluten ja!«, rief Franzi. Sie sprang auf und lief zu dem Mann hin. Fieberhaft versuchte sie sich an ihren Ersthelferkurs in der Schule zu erinnern. Man musste die Hauptschlagader über der Wunde abdrücken. Aber wie ging das noch mal und mit was?! Franzi wurde beinahe schwarz vor Augen.
Der Aufseher lächelte schwach und winkte ab. »Nein, nein. Ich habe mir das Knie geprellt, aber es blutet nicht.« Er hob das Bein hoch. Darunter kam der platt gedrückte Thermobecher zum Vorschein. Thomas Schneider nahm ihn mit spitzen Fingern auf. »Das ist bloß das Getränk, das ich aus dem Museumscafé mitgebracht habe. Ich musste ihr doch etwas zu essen und zu trinken geben.«
Franzi fiel ein Stein vom Herzen.
Schnell wurde sie aber wieder wütend. Dieser Mann hatte ganz offensichtlich eine Frau gegen ihren Willen hier unten gefangen gehalten. Warum nur? Der Name fiel Franzi plötzlich ein: Sabine, hatte er vorhin gesagt. Wo hatte sie diesen Namen kürzlich erst gehört?
»Franzi!«, riefen plötzlich zwei Stimmen. »Wo steckst du?«

Franzi atmete erleichtert auf. Kim und Marie waren auf dem Weg zu ihr. »Hier bin ich! Folgt einfach den Gängen, die beleuchtet sind!«, schrie sie zurück.
Sekunden vergingen, die Franzi wie eine Ewigkeit vorkamen.
Dann tauchten ihre Freundinnen auf. Beide hatten vor Aufregung glühende Gesichter mit hochroten Wangen.
Atemlos kamen sie bei ihr an. »Alles in Ordnung mit dir?«, wollte Kim wissen. Sie wischte sich ein paar Schweißtropfen von der Stirn.
Franzi stand auf und nickte. »Ja, alles okay«, sagte sie mit zittriger Stimme. Sie klopfte sich den Staub aus der Hose und deutete auf den Aufseher. »Auch wenn ich nicht weiß, was hier gespielt wird. Dieser Mann hat eine Frau hier unten eingesperrt. Sie ist eben geflohen.«
Thomas Schneider schüttelte den Kopf. »Wie soll ich das erklären?« Seine Stimme klang verzweifelt. »Alles ist schiefgelaufen. Alles.« Er suchte eine bequemere Sitzposition und streckte sein verletztes Bein aus. »Es war Timos Idee …«
Plötzlich fiel Franzi ein, woher sie den Namen Sabine kannte: Die Bedienung im Café hatte heute Morgen Timo Bach nach seiner Freundin gefragt – Sabine!
»Sie beide haben Timos Freundin entführt. Warum?«, platzte Franzi heraus.
Der Museumswärter schüttelte den Kopf. »Nein, es ist alles ganz anders«, sagte er kraftlos. »Es ist eine lange Geschichte. Wir haben aus dem Grab der Königin Xana … also wir haben …« Thomas Schneider suchte nach Worten.
Marie war bei der Nennung des Namens Xana zusammen-

gezuckt. Jetzt schnupperte sie in der Luft. »Sagt mal, habt ihr das auch bemerkt? Hier riecht es nach Vanille!«

»Ja, richtig«, murmelte Franzi. »Das ist ganz einfach zu erklären …«

»Der Geist der Königin Xana«, fiel ihr Marie ins Wort. »Er ist hier unten. Und die Frau, von der du erzählt hast, Franzi, wurde von Xana verschleppt!« Marie war ganz blass geworden. Sie starrte Thomas Schneider an. »Alles passt zusammen: die Unterwelt, die verschwundene Frau, der Vanilleduft. Wer sind Sie, was haben Sie mit dem Fluch der Xana zu tun?« Dann entdeckte sie den großen Fleck am Boden neben dem Mann. »Oh Gott, ist das etwa Blut? Ich will weg hier!«

Dem Museumsaufseher blieb der Mund offen stehen.

Franzi packte Marie am Arm. »Jetzt dreh bitte nicht durch. Das ist kein Blut! Und Xana ist bloß eine Figur aus einer Legende, aus einem mexikanischen Märchen! Du glaubst doch wohl nicht wirklich, dass hier ein Geist herumwandert?«

Marie verschränkte die Arme vor der Brust. »Wer kann das schon so genau sagen?«

Vollkommen leer

Kim verdrehte die Augen. »Für den Vanillegeruch gibt es eine ganz einfache Erklärung.« Sie hob den zerdrückten Becher vom Boden auf und roch daran. »Da war mal *Chocolate Xana* drin, wie man auch an den Kakaoflecken auf dem Boden und auf der Uniform von Herrn Schneider erkennen kann«, sagte sie. »Mit *Vanille*aroma.« Sie hielt Marie den Becher hin. »Hier, überzeuge dich selbst davon.«
Marie schnupperte an der Pappe. Dann nickte sie. »Vielleicht habt ihr ja recht.«
»Natürlich!«, antwortete Kim knapp. Dann sah sie den Aufseher an, der mit schmerzverzerrtem Gesicht vorsichtig sein Knie bewegte. »Was ich allerdings nicht verstehe, ist, was Sie hier unten gemacht haben.«
Thomas Schneider machte den obersten Knopf seiner Jacke auf und lockerte die Krawatte. »Timo ist an allem schuld«, sagte er mit verbitterter Stimme. »Es war doch alles ganz anders geplant. Er hat alles kaputt gemacht.«
Die drei !!! sahen sich irritiert an.
»Was hat Ihr Kollege denn mit dem Ganzen zu tun?«, fragte Kim.
Der Museumsaufseher seufzte schwer. Dann sagte er leise: »Wir haben zusammen die Maske der Königin entwendet.«
»*Wie bitte?*«, fragte Kim ungläubig.
Thomas Schneider senkte den Blick. »Wir mussten doch etwas unternehmen!«
»Ähm«, machte Kim. »Und deshalb sind Sie und Ihr Kollege

losgezogen und haben mal eben so einen Diebstahl begangen?!«

»Ja … ich meine, nein«, stammelte der Mann. »Wir mussten etwas unternehmen, um zu zeigen, dass es so nicht weitergeht.«

Kim zog die Stirn in Falten. »Können Sie das etwas genauer erklären?«

»Wir wollten allen zeigen, wie schlecht abgesichert das Museum ist. Es ist einfach nicht zu fassen. Jahrzehntelang war alles wunderbar. Timo und ich und unsere vier Kollegen haben die Säle tagsüber überwacht, nachts kamen Georg und Lukas vom Wachdienst und haben aufgepasst. Natürlich gab es eine Alarmsicherung der Objekte – aber man hat sich nicht allein darauf verlassen.« Thomas Schneiders Stimme war jetzt wieder kräftiger. Die Wut gab ihm scheinbar neue Energie. »Wir waren wichtig! Auf uns baute die Sicherheit im Museum auf. Aber dann kam dieser neue eingebildete Kurator daher, dieser Betriebswirtschaftler, und wollte alles besser machen. *Effizienz* war das neue Zauberwort.« Er schnaufte verächtlich. »Effizienz! Sparen, sparen, sparen – aber an der falschen Stelle! Sie haben diese teure digitale Alarmanlage angeschafft und dafür Georg und Lukas entlassen und die anderen nicht ersetzt, als sie in Rente gingen. Nur Timo und mich haben sie behalten. Aber es war klar, dass das für uns zwei auf Dauer nicht zu schaffen sein würde.«

Kim nickte. »Und dann war auch noch die neue Sicherheitsanlage ständig kaputt und hat diese nervenaufreibenden Fehlalarme produziert.«

»Genau. Diese angeblich so intelligenten Kameras, die auf Bewegung reagieren, sind auch jedes Mal angesprungen, wenn sich nur die Kristalle der großen Deckenlüster im Wind bewegt haben oder wenn die Straßenbahn vorbeigefahren ist und der Boden vibrierte. Und das System hat immer gleich das volle Programm gefahren: Signalalarm, Gitter runter, Meldung an die Polizei. Besonders nachts sind diese Einsätze verdammt teuer. Die Techniker haben das Problem zwar erkannt, aber nicht so schnell lösen können.« Der Museumsaufseher schnaufte kurz, dann setzte er mit wütender Stimme seinen Bericht fort: »Es musste etwas umprogrammiert werden, damit kamen sie nicht klar und mussten Hilfe bei der Firma anfordern, die die Anlage gebaut hat. Und die haben einfach auf sich warten lassen. Also hat dieser Felix Mahler angeordnet, dass die Anlage nachts ausgestellt wird. Man muss sich das mal vorstellen! Er schafft ein wahnsinnig teures neues Sicherheitssystem an – und belässt dann das Museum nachts komplett ungesichert! Es konnte so nicht mehr weitergehen. Wir haben mit dem Kurator gesprochen. Er hat aber nur gesagt, dass er das alles in den Griff bekommt und wir uns beruhigen sollten. Er hat uns regelrecht damit gedroht, dass er uns auch noch rauswirft, wenn wir nicht schweigen würden. Das ist ein Skandal! Also hat Timo mir vorgeschlagen, dass wir eine Aktion starten, die alle wachrüttelt: Wir wollten das wertvollste Stück der nächsten Ausstellung verschwinden lassen, zwei Tage versteckt halten und dann dem Museum mit einer anonymen Botschaft wieder zuspielen. Dann hätten alle endlich mitbekommen, welch großes Sicherheitsrisiko im Museum besteht und was hier gespielt wird.« Thomas Schneider machte wieder eine Pause. Er biss sich auf die Lippen. »Ich fand diese Idee sofort gut«, fuhr er dann fort. »Es war alles ganz einfach. Wir haben am Freitag bei Dienstschluss die Alarmanlage ausgeschaltet, so wie der Kurator es angeordnet hatte, haben die Vitrine mit dem Grab geöffnet, die Maske herausgenommen, vorsichtig in einem Kästchen verstaut und in Timos Rucksack gesteckt. Dann sind wir gegangen.«

»Das ist ja total verrückt«, murmelte Franzi.

»Das kann man wohl sagen.« Thomas Schneider lachte bitter auf. »Das Verrückteste ist, dass ich nie damit gerechnet hätte, dass Timo mich betrügen würde.«

Die drei !!! sahen ihn fragend an.

»Er hat am Freitag, wie geplant, die Maske mitgenommen. Wir wollten uns dann am Samstagabend treffen, um sie im ausgemachten Versteck zu deponieren. Den Direktor des Museums wollten wir dann – natürlich anonym – am Ostersonntag darüber informieren, wo er die Maske finden würde. Sozusagen als ›Ostergeschenk‹. Aber als ich am Samstag zum verabredeten Treffpunkt kam, war Timo nicht da. Ich dachte zuerst, er hätte sich vielleicht in der Uhrzeit geirrt, und habe weiter gewartet, aber er kam einfach nicht. Also habe ich ihn nach zwei Stunden angerufen. Da hat er mir weiszumachen versucht, dass es besser wäre, die Maske erst am Dienstag zurückzugeben, wenn die Feiertage rum sind, sodass wir auch die Presse gleich informieren könnten. Das sei ihm jetzt erst eingefallen.« Thomas Schneider schnaufte. »Da habe ich angefangen mir Sorgen zu machen. Ich wollte, dass die Maske so schnell wie möglich wieder ins Museum zurückkommt. Die Polizei hat ihre Ermittlungen schnell vorangetrieben, ich hatte Angst, dass sie uns womöglich auf die Schliche kommt und dann nicht glauben würde, dass wir vorhatten die Maske zurückzugeben.« Er lachte erneut ein bitteres Lachen. »Ich konnte nach dem Gespräch mit Timo am Samstag nicht mehr schlafen. Also bin ich zu ihm nach Hause gefahren und habe geklingelt. Ich wollte ihn davon überzeugen, die Maske doch gleich in das Versteck zu bringen. Timo hat nicht aufgemacht. Aber ich habe durch den Türspion Licht gesehen. Also habe ich ihm gedroht das ganze Haus wach zu machen, wenn er nicht sofort mit mir spricht. Er hat mich daraufhin hereingelassen und wir sind in die Küche gegangen. Er hat herumgedruckst und mir weitere Lügenmärchen erzählt. Da wurde mir klar: Der Timo hält dich nur hin. Der will die Maske gar nicht mehr zurückgeben. Der wollte keine publikumswirksame Aktion machen. Der wollte die Maske von Anfang an wirklich stehlen und ich Idiot habe ihm dabei geholfen!«

Der Aufseher verbarg seinen Kopf zwischen den Armen. »Ich war völlig verzweifelt und wusste nicht, was ich tun sollte. Und dann habe ich gesehen, dass auf dem Küchentisch …«

»Hallo, ist hier jemand?«, schallte es plötzlich durch den Gang.

Schritte erklangen, die sich eilig näherten.

Die drei !!! sprangen auf. Thomas Schneider hob langsam den Kopf. »Ich habe alles falsch gemacht«, murmelte er.

»Kommissar Peters!«, rief Kim. »Hier sind wir!«

Fünf Sekunden später stürmte der Kommissar mit zwei Polizisten in den Gang hinein. »Was ist hier los?«, fragte er

streng. Seine rechte Hand befand sich vor dem geöffneten Parka auf der Höhe der Brusttasche. Franzi schluckte. Peters war darauf vorbereitet, sofort zu seiner Waffe zu greifen, die er auf der linken Seite im Holster unter dem Arm trug!
»Alles in Ordnung«, beeilte sich Franzi zu sagen.
»Das hier ist einer der Täter, die die Totenmaske gestohlen haben«, erklärte Kim. »Es waren die beiden Museumsaufseher. Aber es ist komplizierter, als man denken könnte. Sie müssen ganz schnell …«
Peters unterbrach Kim mit scharfer Stimme: »Was hast du dir dabei gedacht, Kim Jülich? Mir auf die Mobilbox zu nuscheln: *›Kommen Sie schnell in den Museumskeller!‹*« Er schüttelte den Kopf. »Warum hast du nicht sofort die 110 gewählt? Ich hätte mein Handy auch erst in ein paar Stunden wieder einschalten können und dann erst deine Nachricht abgehört! Und außerdem hättest du *ALTER Museumskeller* sagen müssen – wir sind zuerst zum neuen Kellertrakt gelaufen und haben wertvolle Zeit verloren.«
Kim lief rot an. »Wir rufen doch immer *Sie* an … und außerdem dachte ich … ich weiß auch nicht. Und dass es auch noch einen anderen Keller gibt, wusste ich nicht … ich …« Sie schwieg peinlich berührt. Egal was sie jetzt sagte, das war ihr klar, es würde die Sache nur noch schlimmer machen.
Der Kommissar ließ seine Hand sinken. »Euch hätte wer weiß was passieren können! Es war pures Glück, dass uns diese verwirrte Frau mit dem Rasierapparat in der Hand entgegenkam und etwas von einem kleinen Mädchen mit roten Zöpfen im Keller erzählt hat. Sie hat uns den Weg gewiesen.«

»Haben Sie sie festgehalten?«, rief Thomas Schneider verzweifelt.
»Nein, dazu gab es keine Veranlassung.«
»Das war gar kein Elektroschockgerät?!«, rief Franzi entrüstet dazwischen. »Wenn ich das gewusst hätte, dann hätte ich ihn gleich überwältigt!«
Der Kommissar bedachte Franzi mit einem finsteren Blick. »Ich habe keine Ahnung, wovon du sprichst, aber ich bin sicher, dass wir alle noch offenen Dinge bei einem ausführlichen Gespräch bei mir im Revier klarstellen!«
Die beiden Polizisten waren unterdessen zu Thomas Schneider gelaufen und hatten ihn hochgezogen. Er versuchte das Bein mit dem lädierten Knie nicht zu belasten. Müde sah er den Kommissar an. »Es ist richtig, ich habe bei dem Diebstahl geholfen. Sie können mich mitnehmen.«
Peters zog verwundert die Augenbraue hoch. »Einen Täter, der sofort gesteht, hat man selten.«
Kim zupfte am Ärmel des Kommissars. »Allerdings ist er nur eine Art Nebentäter«, stellte sie ernst fest. »Oder fast schon ein *betrogener Täter;* Herr Schneider wurde von seinem Kollegen benutzt. Der wahre Drahtzieher bei der ganzen Sache ist Timo Bach.«
»Es besteht Fluchtgefahr«, murmelte Thomas Schneider. »Timo will sich aus dem Staub machen. Ich habe bei ihm auf dem Küchentisch One-Way-Flugtickets nach Moyo Island gesehen. Der Abflug ist morgen früh.«
»Wir müssen den Mann sofort suchen!«, rief Marie voller Feuereifer. »Vor einer Stunde war er ja noch im Museumscafé, weit kann er also nicht sein.«

»Ihr seid wirklich unverbesserlich«, sagte Peters streng, aber um seine Mundwinkel zuckte es jetzt, als ob er ein Lächeln unterdrücken müsste. »Ihr geht schön nach Hause und *ich* gebe eine Fahndung nach Timo Bach heraus. Und: Keine Widerrede! Es muss euch genügen, dass ihr in diesem Fall die entscheidende positive Wendung herbeigeführt habt. Alles andere überlasst jetzt bitte mir.«

Franzi überlegte gehetzt, wie sie den Polizisten noch umstimmen konnten. Da klingelte ihr Handy. Verwundert stellte sie fest, dass es Chrissie war. Sie nahm das Gespräch an.

»Franzi!«, drang die tränenerstickte Stimme ihrer Schwester an ihr Ohr. »Wann kommst du endlich heim, wo steckst du?« Chrissie schnäuzte sich, dann sprach sie weiter: »Komm bitte schnell. Omi ist tot.«

Franzi drückte das Gespräch wie in Trance weg. Sie starrte auf das Handy. Mit einem Mal fühlte sie sich vollkommen leer. Sie hörte ihren Herzschlag und sonst nichts. Im Takt des Herzens pulsierte das Wort NEIN in ihrem Hirn. Nein, nein, nein. Niemals. Das konnte nicht sein. Omi war nicht tot. NEIN!

Das letzte Nein musste sie laut ausgesprochen haben, denn sie spürte plötzlich Arme, die sie fest umschlungen hielten, und eine Stimme dicht an ihrem Ohr flüsterte: »Was ist, Franzi, was ist los? Sprich mit uns! Was ist passiert?«

Franzi öffnete die Augen und sah Maries bestürztes Gesicht dicht vor ihrem. Sie fühlte, wie ihr heiße Tränen die Wangen herunterliefen. Sie versuchte den Kloß herunterzuschlucken, der auf einmal in ihrem Hals saß.

»Ich muss sofort nach Hause«, brachte Franzi schließlich hervor. »Meine Omi ist gestorben.«
Kim stieß einen erstickten Ton aus, sie schlug sich die Hand vor den Mund und schüttelte den Kopf. Dann nahm sie Franzi in den Arm.
Marie drückte sie noch fester an sich.
Kommissar Peters legte Franzi die Hand auf den Kopf. »Das tut mir sehr leid.« Seine Stimme war ruhig und tief. »Ich fahre dich nach Hause zu deinen Eltern, wenn du möchtest.«
Franzi verharrte einen Augenblick schweigend und versuchte regelmäßig ein- und wieder auszuatmen. Sie fühlte sich wie betäubt, aber die Betäubung schien nicht stark genug, um den Schmerz in ihrer Brust zu lindern.
»Vielen Dank, Kommissar Peters«, sagte sie schließlich leise. »Das ist sehr nett von Ihnen. Aber ich würde gerne mit dem Bus fahren.« Sie sah ihre Freundinnen an. »Kommt ihr mit mir?«
Marie und Kim nickten stumm.

Weiße Krokusblüten

Frau Winkler öffnete mit geröteten Augen die Tür. Sie nahm Franzi in die Arme und drückte sie fest. »Mein Schatz«, murmelte sie in ihr Haar.

Dann begrüßte sie Kim und Marie, die betroffen hinter Franzi standen. »Vielen Dank, ihr zwei, dass ihr Franzi begleitet habt.« Sie trat einen Schritt zurück in den Flur. »Möchtet ihr reinkommen und einen heißen Tee mit uns trinken?«

Kim schüttelte den Kopf. »Nein, danke. Ich muss zum Abendbrot zu Hause sein.« Sie wischte sich über die Augen. »Frau Winkler, es tut mir so leid! Oma Lotti war immer so nett zu uns, das werde ich nie vergessen.«

Marie streckte die Hand aus und sagte: »Mein herzliches Beileid, Frau Winkler. Ich …«, sie musste schlucken, »ich werde Oma Lotti, ich meine … Ihre Schwiegermutter, auch nie vergessen.«

Frau Winkler schüttelte Maries Hand und lächelte traurig. »Das werden wir alle nicht.«

»Ich rufe euch an«, murmelte Franzi. »Irgendwann in den nächsten Tagen.«

»Denk dran, du kannst dich jederzeit bei uns melden«, sagte Kim.

Marie nickte. »Tag und Nacht!«

Franzi spürte, wie ihr schon wieder die Tränen in die Augen stiegen.

Chrissie stand kleinlaut im Flur an der Garderobe. Sie knete-

te ein Papiertaschentuch in ihren Händen und sah Franzi aus verquollenen Augen an. Franzi umarmte sie.
Chrissie gab ihr einen Kuss auf die Wange, dann fasste sie sie an der Schulter. »Tut mir leid, dass ich dich einfach angerufen habe. Mama ist fast ausgeflippt, als sie davon erfahren hat.« Chrissie strich sich eine rote Locke aus der Stirn. »Das … das«, stotterte sie, »das war wohl etwas heftig. Aber ich habe es einfach nicht mehr ausgehalten, ich war so durcheinander und so traurig. Ich wollte, dass du endlich da bist, es hat so lange gedauert. Ich … es tut mir leid!«
Franzi zog die Nase hoch. »Ist schon okay. So sind wir eben. Ich muss auch immer gleich etwas tun.« Sie lächelte schief.
»Brauchst du ein Taschentuch?« Chrissie hielt ihr das feuchte Papierknäuel hin.
»Äh, danke.« Franzi kramte in ihrer Hosentasche. »Ich hab selbst irgendwo eins.«
Sie schnäuzte sich und steckte das Taschentuch wieder ein. »Wo sind die anderen?«
»In der Küche.« Chrissie nahm Franzis Hand. »Stefan ist gleich nach Hause gekommen und Papa auch. Komm.«
Franzis älterer Bruder wohnte seit ein paar Monaten nicht mehr zu Hause. Er war in eine WG gezogen und Franzi hatte dafür sein Zimmer bekommen. Ihres hatte sie an Oma Lotti abgetreten. *Oma Lotti.* Sofort schossen Franzi wieder die Tränen in die Augen.
Als sie in die Küche kamen, saß ihr Bruder auf der Eckbank und schenkte Tee ein. Ihr Vater belegte gerade Käse- und Wurstbrote und ihre Mutter schnitt Tomaten und Gurken auf der Anrichte vor dem Fenster.

Herr Winkler wischte sich die Finger an einem Geschirrtuch ab. Er ging auf Franzi zu. »Hallo, meine Große.« Er drückte sie fest an sich. »Meine tapfere Kleine.«

»Was nun, groß oder klein?«, nuschelte Franzi. Sie spürte, wie ihr Vater leise auflachte. Er strich ihr durchs Haar. »Wohl beides«, murmelte er.

Franzi löste sich aus der Umarmung und gab ihrem Vater einen Kuss auf die Wange. Dann setzte sie sich neben ihren Bruder.

Stefan schob eine dampfende Tasse über den Tisch. »Hier, für dich.«

Franzi nahm die Tasse und pustete. »Danke.« Sie trank einen Schluck des immer noch viel zu heißen Tees. Aber irgendetwas musste sie schließlich tun.

»Wann …«, fing Franzi an, »wann ist Omi gestorben?«

Ihre Mutter stellte den Teller mit Tomatenvierteln und Gurkenscheiben auf den Tisch. Sie setzte sich. »Ich habe Oma heute Morgen um neun Uhr im Garten gefunden.«

Herr Winkler brachte die Platte mit den belegten Broten. Er stellte sie ab und blieb hinter Frau Winkler stehen. Er legte ihr die Hände auf die Schultern.

»Ich habe mich gewundert, dass sie nicht zum Frühstück kommt, und bin rauf in ihr Zimmer. Aber da war sie nicht. Also habe ich im Garten nachgesehen. Da habe ich sie dann gefunden. Sie saß auf der Bank und war nur ein kleines bisschen zur Seite gesunken. Ich dachte, sie schläft … bis ich dann gemerkt habe«, Frau Winkler schluckte, »dass sie nicht mehr atmet.« Sie nahm ihre Tasse. »Omi hatte die Augen geschlossen und ein kleines Lächeln im Gesicht. Der Arzt

sagt, dass sie eingeschlafen und dann einfach nicht mehr aufgewacht ist.«
Franzi biss sich auf die Lippe. Sie erinnerte sich an den Morgen. Oma Lotti mit ihrer Wollstola auf der Gartenbank, die blühenden Krokusse. Und ihre Worte. Franzi presste die Hände ineinander. »Aber sie hat gesagt, dass jetzt alles gut wird.« Ihre Augen brannten. »Sie hat es doch gesagt!«
Frau Winkler legte den Arm um Franzi und wiegte sie stumm.
Nach einer Weile sah Franzi auf. »Ich habe mich so darauf gefreut, dass Oma endlich gesund wird, wenn die Krokusse blühen.«
Ihre Mutter lächelte. Sie wischte sich eine Träne aus dem Auge. »Mein Goldschatz.«
»Das hat sie auch immer zu mir gesagt.« Franzi vergrub ihr Gesicht in der Armbeuge ihrer Mutter. Sie spürte, wie eine warme Hand ihr über den Kopf strich.
»Sie hat ein paar der weißen Krokusblüten gepflückt«, sagte Frau Winkler schließlich. »Sie hat sie ganz fest in der Hand gehalten.«
Franzi seufzte.
Herr Winkler holte eine Kerze aus der Schublade in der Anrichte, steckte sie auf den schmiedeeisernen Ständer und zündete sie an. »Ein Licht für Lotta«, sagte er leise.
Frau Winkler nahm seine Hand und drückte sie.
Schweigend begannen sie zu essen.

Nach dem Abendessen räumten sie gemeinsam den Tisch ab. Franzis Eltern erwarteten noch die Dame vom Bestattungsunternehmen, die die Beerdigung mit ihnen besprechen wollte. Oma Lotti war bereits am Mittag, nachdem der Arzt den Totenschein ausgestellt hatte, abgeholt worden und in das Haus des Bestatters gebracht worden.

»Ich werde morgen in aller Ruhe Abschied von Oma nehmen«, sagte Herr Winkler. »Ich möchte noch einmal ihre Hand halten. Wenn ihr wollt, könnt ihr mitkommen. Es gibt bei dem Bestatter einen sehr schönen Raum, in dem der Sarg stehen wird.«

»Aber, wie …«, Chrissie schluckte, »wird Oma, ich meine, also …«

»Wie sie aussehen wird?«, fragte Frau Winkler. »Ganz bestimmt sehr hübsch. Dafür ist das Bestattungsunternehmen nämlich auch da.«

»Ich komme mit«, sagte Franzi. »Ich will Omi frische Krokusblüten mitbringen. Die von heute sind bestimmt schon verwelkt.«

Der Kloß in Franzis Hals wurde immer größer und größer.

»Ich möchte lieber in ihrem Zimmer Abschied nehmen«, sagte Chrissie plötzlich. »Ich will einfach auf Omis Bett sitzen und an sie denken.« Sie sah Franzi und Stefan an. »Kommt ihr mit?«

»Klar.« Stefan stand auf. »Finde ich gut.«

Frau Winkler nickte. »Macht das.«

Franzi, Chrissie und Stefan stiegen die Treppe zum ersten Stock hoch. Sie öffneten die Tür zu Oma Lottis Zimmer.

Das Licht der Straßenlaterne fiel zum Fenster herein und tauchte den Raum in ein warmes Licht.

Alles sah aus, als wäre Oma Lotti nur eben kurz aus dem Zimmer gegangen und würde gleich zurückkehren: Auf dem Bett lag ihr Morgenmantel, die Hausschuhe standen darunter und auf der Frisierkommode stapelten sich neben der Haarbürste und einigen Creme-Töpfchen dicke Bücher aus der Stadtbibliothek. Franzi sah auf die Titel: *Verbrechen, Mordsfreunde, Denn keiner ist ohne Schuld* …
»Typisch Omi, lauter Krimis«, sagte Franzi und musste lächeln. »Wisst ihr noch, wie sie uns immer die Legende von der *Hexe im Märchenwald* erzählt hat, wenn wir in Billershausen übernachtet haben?«
Stefan und Chrissie nickten. »Wir wollten sie jedes Mal wieder hören«, murmelte Stefan, »obwohl wir sie schon auswendig kannten.«
»Richtig«, stimmte Chrissie zu. »Und du, Franzi, hast auf ihrem Schoß gesessen und dauernd gesagt: *›Ich fürchte mich überhaupt nicht! Überhaupt nicht!‹* – Aber dann konntest du nicht einschlafen und bist zu ihr ins Bett gekrochen.«
Franzi musste grinsen. »Genau wie ihr beiden auch, wenn ich mich richtig erinnere.«
»Stimmt. Zum Glück war Omas Bett so groß, dass wir alle Platz darin hatten.« Stefans Stimme klang melancholisch.
Franzi setzte sich neben Chrissie auf das schmale Bett, das jetzt in diesem Raum stand. Ihre Schwester nahm vorsichtig Oma Lottis Morgenmantel und vergrub ihr Gesicht darin. Sie seufzte. »Er duftet nach ihr!«
Franzi schnupperte. Tatsächlich. Es roch zart nach Omis Lavendelseife, ein bisschen nach Kaffee und nach warmem Brot.

Franzi schloss die Augen. Sie konnte Oma Lottis Gesicht inmitten ihrer dichten weißen Löckchenfrisur ganz deutlich vor sich sehen, jedes einzelne ihrer Lachfältchen um die immer gut gelaunt blitzenden Augen …
Franzi atmete tief ein. In ihrer Brust spürte sie den kleinen Kolibri mit den Flügeln schlagen. Er flatterte anders, als er es in Felipes Nähe tat. Aber die satte, große Wärme, die sich immer zusammen mit dem Flügelschlagen in ihrem Bauch ausbreitete, war jetzt genau die gleiche.
Franzi lief zur Frisierkommode. Sie nahm die Haarbürste und zupfte zwei gelockte, weiße Haare daraus hervor. Sie schloss die Hand darum und presste sie fest gegen ihr Herz. »Du bist immer bei uns«, flüsterte sie.

Geheimes Tagebuch von Kim Jülich
Dienstag, 10:00 Uhr
Mama, Papa, Ben, Lukas, Mister Obama and other spies all over the world: This diary is very private, please accept this and stop reading n o w.
Ich bin traurig. Franzis Oma ist tot. Ich habe gestern Abend zwei Stunden mit Mama gesprochen. Sie war sehr lieb und hat versucht mich zu trösten, obwohl sie doch selbst so gestresst ist. Aber was am meisten geholfen hat, war, dass Michi sofort vorbeigekommen ist, nachdem ich ihm am Telefon erzählt hatte, was passiert ist. Obwohl es schon ziemlich spät war, haben Mama und Papa gar nichts gesagt, als wir mit der großen Burgertüte, Decken und der Laterne in den Garten gegangen sind. Michi hat eine Dose Hundefutter aufgemacht und Pablos Napf auf die Terrasse gestellt, sodass wir unsere Ruhe hatten.

Als ich Michi von Oma Lotti und unseren Besuchen bei ihr in Billershausen erzählt habe, hat er ganz ruhig und geduldig zugehört und hat mich die ganze Zeit im Arm gehalten. Das war so schön.
Ich vermisse Franzis Oma. Wie muss es erst Franzi gehen? Wenn ich an sie denke, zieht sich mein Herz total zusammen. Mir fällt überhaupt nichts ein, womit ich sie trösten könnte.
Ich rufe sie trotzdem nachher an und frage, ob ich vorbeikommen kann. Vielleicht bringe ich auch Burger und Pommes und Decken mit, und dann lasse ich Franzi einfach reden. Wenn sie das will.
Ich glaube, das könnte eine ganz gute Idee sein.
(Und falls Franzi einfach nur Ablenkung will, erzähle ich ihr, was Kommissar Peters mir heute Morgen am Telefon berichtet hat.)

Detektivtagebuch von Kim Jülich
Dienstag, 11:00 Uhr
Der Fall ›Die Maske der Königin‹ ist gelöst. Kommissar Peters hat mich netterweise vorhin angerufen. Ich glaube, er hat ein schlechtes Gewissen, weil er sich uns gegenüber ziemlich abweisend benommen hat. Ich habe das Gefühl, dass er immer wieder hin- und hergerissen ist: Sein Erwachsenendenken sagt ihm, dass er Verantwortung für uns hat und wir uns zu sehr in Gefahr bringen, wenn wir ermitteln, und sein Detektivdenken sagt, dass die drei !!! richtig gut sind, einen Fall immer voranbringen und er gerne mit uns zusammenarbeitet. Der Kommissar hat es echt nicht leicht. Wie auch immer. Er hat gestern Nacht mit seinem Ermittlungsteam Timo Bach und seine Freundin Sabine

in dessen Wohnung festgenommen. Das war in letzter Sekunde. Die beiden saßen schon auf ihren gepackten Koffern und haben auf das Taxi zum Flughafen gewartet. Timo Bach hat die Maske der Königin Xana gleich letzten Freitag an einen reichen Sammler verkauft, der sie unbedingt haben wollte – auch illegal. Den Namen des Käufers wollte der Museumsangestellte nicht verraten, aber Kommissar Peters meinte, dass das nur eine Sache von ein paar Tagen wäre. (Ich stelle ihn mir gerade in so einem engen, abgedunkelten Büro vor, wie er mit der Schreibtischlampe Timo ins Gesicht leuchtet und sagt: »Ich *habe Zeit.* Ich *kann jederzeit hier rein- und rausgehen und mir zu essen und zu trinken holen –* Sie *nicht.« Aber ich glaube nicht, dass der Kommissar so etwas machen würde, das kommt nur in Filmen vor. Hoffe ich.) Timo Bach hat sehr, sehr viel Geld für die Maske bekommen. Er wollte davon ein neues Leben mit seiner Freundin auf einer Insel vor Indonesien anfangen. Da wird jetzt wohl nichts mehr draus.*

Sein Kollege, Thomas Schneider, muss auch ins Gefängnis. Er wird zusätzlich zum Diebstahl wegen Freiheitsberaubung und Erpressung angeklagt werden. Das ist ein Detail, das in der ganzen Aufregung gestern völlig untergegangen war. Herr Schneider hat tatsächlich die Freundin von seinem Kollegen entführt! Er war so verzweifelt darüber, dass Timo Bach ihn betrogen hat, und als er auch noch die Flugtickets entdeckt hat, ist ihm nichts Besseres eingefallen, als die Frau zu entführen, um zu verhindern, dass die beiden sich absetzen. Außerdem dachte er, dass Timo Bach die Maske zurückgibt, wenn er ihn mit seiner Freundin unter Druck setzt. Er hat diese Sabine am Sonntag, als sie auf dem Weg zu ihrer Arbeit im Museumscafé war, abge-

passt und unter einem Vorwand in den Keller gelockt. Dort hat er sie dann ins alte Archiv eingeschlossen und Timo Bach informiert, dass er seine Freundin erst wiedersieht, wenn die Totenmaske wieder da ist. Die war aber schon längst bei dem Sammler und Timo wusste nicht, was er machen sollte. Er hat versucht mit Thomas Schneider zu reden. Dieses Streitgespräch haben wir am Montag zufällig im Café mitbekommen.
Wie gut, dass Franzi dem Aufseher gefolgt ist und so die Entführung aufgeflogen ist! Das hat selbst Kommissar Peters zugegeben. Trotzdem hat er uns für nächste Woche zu sich aufs Revier bestellt, um mal wieder ›ein ernstes Wörtchen‹ mit uns zu reden. Das wird bestimmt wieder etwas unangenehm. Aber ich hoffe, dass ich dann noch ein weiteres Detail in Erfahrung bringen kann, das wir bislang völlig außer Acht gelassen haben, das ich aber sehr interessant finde.

Für immer

Felipe betrachtete grinsend das neue gerahmte Foto, das auf der Anrichte in der winklerschen Küche stand. »Wie alt warst du denn da?«

»So zwei oder drei Jahre vielleicht.« Franzi machte den Kühlschrank zu und legte ein Päckchen Butter auf den Tisch. Sie lächelte. »Für das Alter sitze ich ziemlich gut im Sattel, was?«

»Äh, ja.« Felipe kratzte sich am Kopf.

»Bitte etwas mehr Begeisterung! Da war ich zum ersten Mal mit Oma, Stefan und Chrissie auf dem Reiterhof.« Franzi nahm das Bild in die Hand und strich darüber. Es zeigte eine rüstige, gut gelaunte Oma Lotti in Reithosen und Stiefeln, die ein dickes geschecktes Pony mit einer riesigen Wuschelmähne am Zügel führte. Neben ihr lief ein kleiner Junge und hielt stolz einen einzelnen Steigbügel in die Kamera, während ein sommersprossiges kleines Mädchen mit roten Locken verzweifelt das Pony abzuwehren versuchte, das ihr gerade über das Gesicht schleckte. Auf dem Foto war ein weiteres, winzig kleines Kind zu sehen. Sein rötliches Haar war mit zwei großen Schleifen zu Zöpfchen gebunden. Das Kind saß hoch erhobenen Hauptes verkehrt herum auf dem Pony.

»Oma hat mir erzählt, dass ich unbedingt andersrum drauf sitzen wollte, weil ich sonst nichts gesehen habe. Die Mähne von dem Pony hat mir die Sicht geraubt.«

Felipe verdrehte die Augen. »Du hast schon immer deinen eigenen Kopf gehabt.«

»Das hat Omi auch immer gesagt!« Franzi fuhr gedankenverloren mit dem Finger über die kleine Pferdefigur aus Bronze, die neben dem Bild stand.
»Die steht auch erst seit Kurzem hier. Ist sie von deiner Oma?«
Franzi nickte. »Sie hat als Kind mal eine Zeit lang auf einem Pferdegestüt gelebt. Dort wurden ostpreußische Warmblüter Trakehner Abstammung gezüchtet, das hier ist die Abbildung von solch einem Pferd. Sie hat die Statue immer auf dem Nachttisch stehen gehabt.« Franzi seufzte.
Felipe gab ihr einen Kuss. Dann tippte er auf das kleine silberfarbene Medaillon, das an einem Lederband um Franzis Hals baumelte. »So ist Oma Lotti für immer bei dir.«
»Ja. Das war eine super Idee von dir, vielen Dank!« Franzi lächelte jetzt schon wieder. Felipe hatte ihr den Anhänger heute Morgen geschenkt, damit sie die zwei gelockten Haare aus Oma Lottis Bürste darin aufbewahren und immer bei sich tragen konnte.
Er war so lieb zu ihr! Die letzten drei Tage hatten sie fast ununterbrochen miteinander verbracht. Schon gleich am Tag nach Oma Lottis Tod war Felipe zu ihr gekommen und sie hatten einen langen Spaziergang gemacht. Dann hatten sie einen kleinen Strauß Krokusse zusammen gepflückt, den Franzi am Nachmittag in den Sarg zu ihrer Oma legte. Felipe hatte die Idee gehabt, die Kakaobecher-Replik, die Franzi bei dem Gewinnspiel im Museum gewonnen hatte, mit etwas Wasser zu füllen und als Vase zu benutzen, damit die Blüten länger frisch blieben. Das hatte Franzi ausgesprochen gut gefallen. Sie war sich sicher, dass es ihrer Oma auch ge-

fiel, nicht nur die geliebten Krokusse bei sich zu haben, sondern sogar einen Kakaobecher, den sonst nur Königinnen mit ins Grab bekamen. Auch wenn der Becher nicht hundertprozentig echt war.

»Wann ist eigentlich die Beerdigung?«, fragte Felipe.

»Am Montagmittag«, antwortete Franzi. »Du kommst doch auch, oder?«

»Natürlich!«, sagte Felipe.

Es klingelte an der Haustür. Franzi sah auf ihre Armbanduhr. »Das sind Kim und Marie!« Sie lief in den Flur und öffnete ihren Freundinnen. »Willkommen zum Oma-Lotti-Gedächtnispfannkuchen-Essen!«

Sie umarmten sich fest.

Kim hängte ihre Windjacke an der Garderobe auf und zupfte ihre zerzausten Haare zurecht. »Franzi, das ist so eine schöne Idee! Die Pfannkuchen von deiner Oma waren immer eine Wucht. Ich finde es toll, dass du ihr zu Ehren auch welche machst.«

Franzi nickte. »Und zwar nicht irgendwelche. Ich habe das Originalrezept in ihrem handgeschriebenen Kochbuch gefunden. Der Trick ist, dass man das Eiweiß zu Schnee schlagen muss, bevor es in den Teig kommt.«

Marie stemmte die Hände in die Seiten. »Das klingt allerdings sehr raffiniert. Also, worauf warten wir?«

Eine Stunde später saßen die drei Detektivinnen und Felipe am Tisch und ließen es sich schmecken. Auf dem Herd köchelte unterdessen ein Topf mit mexikanischer Trinkschokolade, die Felipe zubereitet hatte und die sie nach dem Essen genießen wollten.

Die Pfannkuchen waren ausgezeichnet gelungen und als Highlight hatte Franzi ein Glas mit Erdbeermarmelade spendiert, die Oma Lotti noch eigenhändig eingekocht hatte.

»Fantastisch«, nuschelte Kim. Sie wischte sich den Mund mit einer Serviette ab. »Ich kann mich ganz genau daran erinnern, wie wir in Billershausen am Küchentisch saßen und Oma Lotti diese ganzen tollen Sachen für uns gekocht hat.« Sie bekam einen verklärten Blick. »Krosse Bratkartoffeln, cremiger Nudelsalat, dieser unglaubliche Schokoladenkuchen …«

Felipe musste lachen. »Habt ihr denn die ganze Zeit gegessen, wenn ihr dort wart?«

»Natürlich nicht«, rief Franzi. »Wir haben auch alte Kriminalfilme angeschaut, *Miss Marple* zum Beispiel …«

»… und *Aktenzeichen XY ungelöst*«, ergänzte Kim begeistert.

Marie nickte. »Oma Lottis Videosammlung war legendär!« Sie legte ihre Gabel beiseite. »Und dann hat sie uns spannende Geschichten erzählt. Das konnte sie auch super.«

»Oder wir haben alle zusammen im Garten gearbeitet, äh, also besser gesagt …«, Kim räusperte sich, »Oma Lotti hat im Garten gearbeitet und wir haben dieses super Baumhaus gebaut und den Bach umgeleitet, wisst ihr noch?«

Franzi sah versonnen drein. »Das war so toll.«

»Und dann gab es natürlich noch die eine oder andere Ermittlungstätigkeit für uns«, warf Marie ein.

»Stimmt«, sagten Kim und Franzi wie aus einem Mund.

»Apropos«, sagte Felipe. »Ohne eure Ermittlungen wäre die Totenmaske der Königin wahrscheinlich auf immer und

ewig verschwunden gewesen. Ich bin so froh, dass sie jetzt wieder da ist. Ihr habt tolle Arbeit geleistet!«
»Vielen Dank«, sagte Kim. »Es hätte aber alles nichts genutzt, wenn dieser Timo Bach den Namen des Sammlers nicht verraten hätte. Zum Glück hat er das dann doch noch getan und Kommissar Peters konnte die Maske bei dem Mann beschlagnahmen.« Kim schleckte den Marmeladenlöffel ab und legte ihn auf ihrem Teller ab. »Und mindestens so wichtig war es, dass wir Karsten überführt haben, finde ich. Echt unmöglich, was der sich geleistet hat.«
Franzi zog die Stirn in Falten. »Komplett daneben. Es war ganz schön großzügig von dir, Felipe, ihm nach dieser Sache noch mal eine Chance für eure Freundschaft zu geben.«
Felipe zuckte mit den Schultern. »Jeder hat doch irgendwie eine zweite Möglichkeit verdient. Aber ich glaube, so richtig befreundet werden wir nicht mehr sein. Und jetzt ist er ja auch erst mal abgereist und setzt sein Studium in Berlin fort. Da werden wir uns in der nächsten Zeit kaum sehen.«
»Hat er wenigstens noch Dr. Castañeda alles erzählt?«, wollte Marie wissen.
»Ja«, sagte Felipe. »Er muss ihn gleich am Ostersonntag angerufen haben, bevor er in den Zug gestiegen ist. Der Direktor hat sich jedenfalls bei mir gemeldet und noch mal ›ganz spontan‹ gesagt, wie zufrieden er mit mir war und dass ich jederzeit wieder zu ihnen ins *Museo Maya* nach Mexiko kommen könnte.«
Franzi machte große Augen. »Aber das machst du nicht so schnell wieder, oder?«
Felipe fasste nach Franzis Hand. »Bestimmt nicht. Aber in

ein paar Jahren vielleicht schon. Und dann kommst du einfach mit.«

»Das machen wir«, rief Franzi begeistert. »Ich möchte auf jeden Fall zu den Ausgrabungsarbeiten im Dschungel, das ist bestimmt superspannend!«

»Pass bloß auf, dass Xana dich da nicht holt«, sagte Kim kichernd.

Alle lachten, nur Marie hielt sich etwas zurück.

»Übrigens hat mir Kommissar Peters noch etwas erzählt, das euch vielleicht interessiert«, sagte Kim schließlich.

Franzi sah sie neugierig an. »Was denn?«

»Der neue Kurator ist fristlos entlassen worden!«

Marie rümpfte die Nase. »Ach der. Den hatte ich ja schon fast wieder vergessen.«

Kim trommelte mit den Fingerspitzen auf den Tisch. »Dr. Bramlage hat Felix Mahler zur Rede gestellt, als der sich am Dienstag gleich nach dem Urlaub krankgemeldet hat. Der Mann wollte offensichtlich noch mehr Zeit gewinnen, weil er überlegen musste, wie er sich aus der Affäre zieht. Er wusste natürlich, dass dieser Printcode-geschützte Ordner leer war, weil gar keine Bilder aufgezeichnet werden konnten – die Alarmanlage war ja ausgeschaltet. Und zwar auf seine Anweisung hin.«

»Aber jetzt ist er endlich aufgeflogen«, sagte Marie zufrieden. »Seine Sparmaßnahmen sind ja wohl voll nach hinten losgegangen.«

»Das kannst du laut sagen.« Felipe schüttelte den Kopf. »Was es für Leute gibt.«

»Ich glaube, jetzt haben wir die wichtigsten Fakten zu unse-

rem Fall zusammen.« Kim beugte sich vor. »Aber eigentlich haben wir uns ja getroffen, um Oma Lotti zu feiern. Wollen wir jetzt auf sie anstoßen?«
»Unbedingt!« Franzi lief zum Herd und rührte die heiße Schokolade vorsichtig um. »Perfekt, die ist fertig!«
Sie befüllte mit der Schöpfkelle vier hohe Tassen und streute jeweils eine Prise Vanillezucker und etwas Zimt darüber.
Felipe verteilte die dampfenden Getränke.
Franzi erhob ihren Becher und sah auf das Foto, dann zu Felipe und dann zu Kim und Marie. Sie hatte ein Tränenglitzern in den Augen, aber sie lächelte.
»Auf Oma Lotti«, sagte sie leise.
»Auf Oma Lotti«, wiederholten die anderen.
Zart und beinahe lautlos stießen die Becher aneinander. Zart, aber ganz deutlich spürte Franzi den Flügelschlag des kleinen Kolibris in ihrer Brust. Eine satte, wohlige Wärme breitete sich in ihrem Bauch aus.
»Für immer«, flüsterte Franzi.

Die drei !!!
Tauche ein in die Welt
von Kim, Franzi und Marie!
Entdecke jetzt „Die drei !!!“
unter diedreiausrufezeichen.de
Wirf einen Blick hinter die Kulissen &
erfahre mehr von den drei !!!.
Mach mit bei tollen Gewinnspielen und
lade dir coole Extras
im Fancorner runter!
Los geht's!
KOSMOS
Illustration: Ina Biber

1, 2, 3 – Power!

Unfassbar: Franzis Bruder wird festgenommen! Er soll Fahrerflucht begangen haben. Kim, Franzi und Marie sind von seiner Unschuld überzeugt. Doch bei diesem verzwickten Fall scheint nichts zusammenzupassen. Plötzlich fordern zwei zwielichtige Typen Geld von Stefan. Die drei !!! müssen ihre geballte Power aufbringen, um die wahren Täter zu finden …

Maja von Vogel
Die drei !!!
Band 47: Unter Verdacht
144 Seiten
Taschenbuch
ISBN 978-3-551-31686-8

CARLSEN

www.carlsen.de

Spannung vom Feinsten!

Kims Vater erhält einen geheimnisvollen Satz Tarotkarten. Was hat das zu bedeuten und wer ist der anonyme Absender? Als Kim davon erfährt, wird sie sofort hellhörig – das ist eindeutig ein neuer Fall für sie und ihre Freundinnen! Gemeinsam entschlüsseln die drei !!! die Botschaft der Karten – und geraten wieder in ein gefährliches Abenteuer …

Henriette Wich
Die drei !!!
Band 9: Im Bann des Tarot
160 Seiten
Taschenbuch
ISBN 978-3-551-31575-5

www.carlsen.de

CARLSEN

Zittern ums Café Lomo

Henriette Wich
Die drei !!!
Band 44: Skandal im Café Lomo!
144 Seiten
Taschenbuch
ISBN 978-3-551-31630-1

Das Lieblingscafé von Kim, Franzi und Marie ist in Gefahr! Die neue Inhaberin des Lomo wird von einem Fremden verfolgt und erpresst. Ehrensache, dass die drei !!! ihr ganzes detektivisches Können einbringen, um den Fall aufzuklären. Doch die anonymen Attacken auf das Café und seine Besitzerin werden immer schlimmer. Auf einmal wimmelt es nur so von Verdächtigen. Können die drei !!! das Café vor der Schließung retten?

CARLSEN

www.carlsen.de